「えーい！」
リリス
ドワーフ国の王女。
エミリア
王国グリザイアの王女。
「あ、こら、やったわね！」
セフィリス
エルフ国の王女。

「いいじゃない！ いいじゃない！
女の子同士なんだからさっ！」
「や、やめてください！ エミリア様！」

ダッシュエックス文庫

# 世界最強のジョブ・レンダー《職業貸与者》2

## ～パワハラ勇者パーティーから追放された少年の異世界無双～

九十九弐式

# プロローグ

魔界にある不気味な城——魔王城での出来事であった。

「全く、ルシファーの奴……栄えある魔王軍四天王の一員でありながら、人間如きにやられてしまうとはなんとも情けない奴よ」

フルプレートの鎧を着用した大男が嘆き、軽く溜息を吐いた。

四人いた。だが、この場にいるのは一人減って三人になっている。先日、魔王軍四天王の一角であるルシファーはジョブ・レンダー《職業貸与者》トール率いる勇者パーティーにより、倒されたのである。

「クックック……良いではないですか。彼は命を代償に、それでも王国グリザイアに保管されていた、このオーブを盗み出すことに一役を買ったのですから」

そう言って、漆黒のドレスを着た一人の少女が暗黒のオーラを放つ魔石を取り出した。この場にいる以上、彼女は見た目のような普通の少女ではないということは言うまでもなかった。

「そうだな……その通りだ」

「我々の悲願を忘れるな。我々の悲願――それは魔王様の魂を封印し、四つのオーブを集めることにある。奴はその為の尊い犠牲になったのだ。奴の死を無駄にしない為にも、我々は後、残る三つのオーブを集めなければならないのだ」

そう、金髪の美青年は言った。鎧を着た、いかにも剣士といった風貌の青年ではある。だが、この場にいる以上は彼も普通の人間ではないということは言うまでもなかった。

「そうだな……その通りだ」

「残るオーブの内の一つが見つかった。ドワーフ国にあるそうだ。そのオーブの奪取を頼めるか？　クルーガー」

「勿論だ。我が引き受けようぞ。この戦士クルーガー。必ずやドワーフ国にあるオーブを奪取してみせようぞ」

戦士クルーガー。強大な体躯を持つ彼は鬼族の種族の末裔である。

こうしてクルーガーは自らの軍を率い、ドワーフ国への侵略戦争を起こすこととなる。

# 第一章　ドワーフ国

魔王軍四天王の一角である魔族ルシファーを倒し、元勇者である村人ラカム達と別れた俺達は、次なる目的地へと向かっていた。

「はぁ……はぁ……はぁ……トール、私達、どこに向かっているのよ？」

エミリアが息を切らしながら俺達の後を追いかけてくる。

「全く、お前は話を聞いてなかったのか？」

「しょうがないじゃない。真面目な話なんて退屈でつまらなくて、とても聞いていられないわよ」

さも当然のようにエミリアは言ってくる。

「仕方のない奴だな。俺達はドワーフ国に向かっているんだ」

「へー……なんでまたドワーフ国に向かうの？　トール」

「それは魔王軍の情報を聞きつけたからだ。間もなく、魔王軍とドワーフ国は戦争状態になる」

俺達は情報屋から、その情報を仕入れたのだ。魔王軍四天王のルシファーは倒した。だが、四天王という言葉通りに魔王軍四天王には他に三人いるのだ。つまり、魔王軍による脅威は完全に取り除けたわけではないのだ。ちなみに、魔王軍といっても、現在のところ、魔王と呼ばれる存在はいないそうだ。なんでも魔王は太古にいたとされる本物の勇者パーティーにより封印されたそうだ。

「その為に、俺達はドワーフ国へと向かっているんだ」

「へぇ……そんなことがあったんだ。知らなかった」

全く、呑気な奴だ。こいつは……。呆れざるを得なかった。

「それより、私、歩き疲れちゃったわ、トール」

「……まだそんなに歩いてないぞ？」

「一時間も歩いたのよ。充分歩いたわよ」

「……ったく」

「大体、トールはジョブ・レンダー《職業貸与者》の能力で色々できるじゃない。また、前の時みたいに飛竜なり、グリフォンなりを捕まえて、私を楽させてくれればいいのに……」

「人を便利な道具みたいに扱うな。それに、そんな楽なことばかりしてるから太るんじゃないか。全く、お前のことを思って、歩いて移動しているのに」

「うっ……ううっ……それを言われると身も蓋もないけど。と、とにかく、私は疲れたのよ。

少し休憩しましょうよ。休憩。ねっ?」

「そうか……疲れたなら仕方がない。あそこに木陰があるから、そこで休憩しよう。セフィリスも良いか?」

「は、はい。トール様」

こうして、歩き疲れたエミリアの為、俺達はしばらく木陰で休むことにしたのだ。

「……ふぅ……涼しくて気持ちいいわね。トール」

「ああ……そうだな」

日差しも良く、程よい温かさの為、木陰は涼しくてとても居心地が良かった。思わずこのまま眠ってしまいたくなるほどだ。

「沢山歩いたらお腹減っちゃった。トール、何か食べ物ちょうだい」

「全く、歩いても沢山食べたら、結局元に戻るだけだぞ」

「い、いいじゃない。ちょっとくらい」

「全く、仕方ない奴だな」

俺はアイテムポーチから干し肉を取り出す。基本的に保存のきく食料しか、旅をする上では持ち歩けないのだ。

「ほら」

俺は干し肉を渡す。

「わーい。ありがとう、トール」

むしゃむしゃむしゃ。ガツガツガツ。

エミリアは干し肉をおいしそうに貪った。

「ふう……お腹を満たしたら、なんだか眠くなってきたわ。だってなんだか良い天気だし……。すうーすうーすうーすうー」

エミリアは寝息を立てて、眠り始めた。全く、呑気な奴だ。ピクニックに来たわけでもないというのに。俺は思わず溜息を吐かざるを得なかった。

——そんな束の間を過ごしていた時のことであった。

「トール様。あれを見てください」

「ん？」

セフィリスが指を差した。

「……魔族達が馬車を襲っています」

遥か遠い場所だった為、俺の視力では点と点がぼやけたように見えるだけだった。だが、セフィリスは『弓聖』の職業を貸与されている。その為、普通に人間より視力が何倍も良いようだった。まあ、それがエルフという種族の特性によるものかもしれないが……。それはまあいいとして。

「本当か？　セフィリス。俺には遠すぎて良く見えないが……」

「はい。間違いありません。ホビット族のような兵士達が馬車を守る為に戦っています。いえ、あれは多分、ドワーフ族でしょうか」

セフィリスはそう断言した。襲われているのが誰であれ、放っておくことなどできるはずもなかった。

「くー、くー、くー。うう……トール、流石(さすが)の私でもこんなに沢山のケーキ食べられないわよ。むにゃむにゃ」

こいつ（当然のようにエミリアのことだ）……。こんな緊急事態にも拘(かか)わらず、呑気に都合の良い夢なんて見ていやがる。なんとも幸せそうな顔で眠っていた。

「おい、起きろ、エミリア、エミリア」

俺はエミリアの肩を揺らす。

「ううっ……ふぇ？　ど、どうしたの？　トール。そんなに慌てて」

「急いでついてこい。どうやらドワーフ族の馬車が魔族達に襲われているそうだ」

「え!?　そ、それは大変じゃない！　急いで向かわなきゃ」

「ああ。行くぞ」

こうして、俺達は馬車の方向へ向かっていったのである。

◇

「……く、くそっ！　魔族どもめっ！」

ドワーフ兵達は馬車を守ろうと、魔族兵達と必死に戦っていた。

「ここから先は絶対に通さんぞ！」

「ぐっはっはっはっ！　無駄な抵抗はやめて、貴様達が大事に守っている姫様を引き渡すんだ。そうすれば命だけは助けてやらんこともないぞ？」

「だ、誰が貴様達に我がドワーフ国の姫を渡すものか！　最後の一人になろうとも、我々は懸命に戦ってみせるぞ！」

「無理をするな。ドワーフ族よ。貴様達は手先が器用というだけで、戦いに向いた種族ではない。無駄死にするだけだぞ？」

「くっ！　我々は決して貴様達、魔王軍になど屈したりしない！」

「そうか！　だったら死ぬが良い！」

魔族兵は鋭利な爪（クロー）を取り出した。

「くっ！」

死を覚悟し、ドワーフ兵は目を閉じたのであった。

——だが。しかし、その時のことであった。

グサッ！　グサッ！　グサッ！

「ぐっ！　ぐうっ！　な、なんだっ！　この矢は！」

無数に放たれた矢が正確に魔族兵の背を貫いたのだ。

「な、なんだ！　なに者だ！」

魔族兵は予想外の攻撃に大慌ての様子だった。

「させませんっ！」

セフィリスはそう叫ぶ。『弓聖』であるセフィリスの放った矢が正確に魔族兵を射貫いたのだ。俺達三人が魔族兵の前に姿を現したのだ。

「人間とエルフか……貴様達！　なんの目的があって、我々魔王軍の邪魔をするのだ！　命が惜しくないのか！」

魔族兵の内の一人がそう叫ぶ。

「待て……人間とエルフのパーティー。聞いたことがあるぞ。我らが魔王軍四天王の一人であるルシファー様を倒した、ジョブ・レンダー《職業貸与者》、トール率いるパーティー。そのパーティーは三人組で、その内、一人はエルフだったと聞く。間違いない、こいつらがそのパーティーだ」

魔族兵達が騒めき立つ。

「くっ……どうする？　こいつら、ルシファー様を倒したって噂が本当だったとしたら、間違いなく強いぞ」

「に、逃げるか？　……勝ち目がないんだったら」

「馬鹿言うな。逃げ帰ってみろ。そんなことしたらクルーガー様に殺されるぞ」

クルーガー？　……恐らくはそいつらがこいつらの幹部、みたいな存在なのだろう。

震えている魔族兵達を見ると、相当に恐ろしい存在らしい。

「どっち道、俺達が生きて帰るにはこいつらを倒して、それでドワーフの姫を奪い取るしかねえんだ」

「あ、ああ。その通りだな」

一瞬揺らいだ戦意を魔族兵達は取り戻す。決意は固まったようだ。目が据わっている。逃げるつもりはないようだ。だったら、お互いに戦う以外の選択肢などありえなかった。

「セルフ・レンド《自己貸与》『剣聖』」

俺は『剣聖』の職業をセルフ・レンド《自己貸与》する。既に魔族兵達との距離はそれなりに迫ってきている。接近戦ともなれば『剣聖』の職業をセルフ・レンド《自己貸与》するのが得策だった。『剣聖』の職業をセルフ・レンド《自己貸与》した俺は、剣士のような姿になる。

「はあああああああああああああああああああああああ！」

俺は魔族兵を容赦なく斬り捨てる。同情する気持ちなど微塵もない。奴らの幹部がどれほど恐ろしくて、否応なく戦っていたとしても。こいつら、魔王軍がやってきた所業。やろうとしていることを見過ごすことなどできるはずもなかった。

「ぐ、ぐわあああああああああああああああああああああああああ！」

俺に斬り捨てられた魔族兵は断末魔の叫びを上げ、果てる。

「ホーリーアロー」

セフィリスは魔族兵の弱点である、聖属性の矢を放ち、攻撃をした。魔族兵達が全滅するまでにそれほどの時間は要さなかった。

◇

「ふう……なんとか片付いたか」

俺はほっと胸を撫で下ろす。幸いなことに、馬車は無傷であった。なんとか間に合ったようだ。

「うっ……ううっ……」

ドワーフ兵達は呻いていた。馬車を守る為に、必死に戦っていたのだ。多くのドワーフ兵達が傷を負っていた。

「エミリア、お前の『聖女』の力でドワーフ兵達を癒してやってくれ」

「わ、わかったわ。トール」

エミリアは精神を集中させる。

「『オール・ヒール』」

エミリアは全体向けの回復魔法を放った。眩しいほどの癒しの光が傷ついたドワーフ兵達を優しく包み込む。

「おお……傷が癒されていくぞ」

「な、なんという奇跡だ……」

ドワーフ兵達の傷がみるみると癒されていく。

「これで一段落か……」

魔族兵は全滅し、馬車を護衛していたドワーフ兵達も軒並み快復した様子だった。束の間ではあるが、一息つけそうな状態になったのだ。

「姫様……どうやら、もう、馬車を降りても大丈夫そうですぞ」

「……そ、そうですか。それは良かったです。ですが、一体何があったというのでしょうか」

馬車を降りてきたのは一人のドワーフの少女だった。ドワーフにしては煌びやかなドレスを身に着けた少女だった。その高貴な雰囲気、そしてドワーフ兵達の態度からして、彼女は間違いなくドワーフ国の姫なのだろう。彼女が何歳なのかはわからない。ただドワーフ族の特徴として男女関係なく、一様に身長が低いのである。当然、彼女も小さい。人間で言うと、十歳程度の少女くらいの身長しかない。その為、童女のような印象を受けてしまう。あれでも恐らくはドワーフ族としては成人しているのだろう。

「あそこにいる、人間とエルフの方々が我々を助けてくれたようですぞ」

「……そうですか。人間の方々。私の名はリリスと申します。ドワーフ国の姫であります。ドワーフ国を代表して、お礼を申し上げます」

そう言って、ドワーフ国の姫リリスは俺達に一礼する。

「あなた達のお名前は何とおっしゃるのでしょうか？」

「俺はトール。そしてこいつがエミリア。彼女がセフィリスだ」

「トール様とおっしゃるのですか。あなた達は私達の命を救ってくれた恩人です。ですが、具体的にお礼をできるだけの持ち合わせが今はないのです。よろしければ我らがドワーフ国の王城までお越しになっていただけないでしょうか？　お越しいただければそれなりのお礼をすることもできると思います」

「え？　良いの？　おいしい物、沢山（たくさん）食べさせてもらっても!?」

エミリアは、お礼という言葉に目を輝かせていた。

「全く、なんでお前はそう、すぐに食い物の話に持っていくんだ」

俺は溜息を吐いた。まあいい。お礼はともかくとして、俺達の目的地はドワーフ国にある。

だが、単にドワーフ国に行っても、ドワーフにとっては他種族である俺達は爪(つま)はじきにされる可能性が高い。だが、ドワーフ国の姫の案内があれば話は別だ。ドワーフ姫――リリスが同行してくれれば、俺達はスムーズにドワーフ国に入国することができる。彼女の提案に乗らない理由はなかった。

「……お礼はともかくとして、俺達はドワーフ国に用があるんです。リリス姫、俺達をドワーフ国まで連れていってくれるというのなら、是非(ぜひ)お願いします！」

「は、はい……あなた達は私達、ドワーフ国にとって恩人でもあります。ドワーフ国までお連れするのは、些細(ささい)なことではありますが、一体あなた達は我がドワーフ国にどのような御用があるというのでしょうか？」

リリスは首を傾(かし)げる。ドワーフ国は通常、狭苦しい洞窟(どうくつ)の中にある。暗く、光も届かないドワーフ国は観光という意味では、お世辞(せじ)にも魅力的とは言えない。その為、あまりドワーフ国を訪れようという物好きは多くないのだろう。

「我らがドワーフの製作した武具や防具、魔法道具(アーティファクト)に興味をお持ちで？」

ドワーフ族は見た目通り体格に秀でておらず、肉体的な戦闘能力に優れていない。

その上、特別魔法戦闘においても優秀ではない。ドワーフ族の魔力は他種族に比べても別にないのだ。だが、ドワーフ族は『鍛冶(かじ)』。武具や防具を製作する能力には秀でていた。彼らの作る武具や防具は特別に優秀な為、ドワーフ製の装備品を愛好している冒険者は多い。その為、ドワーフ製の装備品は高値で取引されており、ドワーフ国にとっての貴重な輸出品にもなっている。

「……興味がないわけではないのですが、俺達の目的は別にあります。ドワーフ国と魔王軍が戦争になりそうだという情報を俺達は得たのです。俺達は魔王軍四天王であるルシファーと戦いました。奴らは危険な存在だ。とても、野放しにしておくことなんてできない。魔王軍との戦いに、是非、俺達も協力させてほしいのです」

「ま、まあ、そんな理由があったのですか。確かに、おっしゃる通りです。その情報通り、ドワーフ国に魔王軍が攻め込んでこようとしています。魔王軍が私が乗っている馬車を襲ったのも、戦争を有利に運ぼうとする為の計略でしょう」

リリスはそう説明する。

「そして、先ほどの魔王軍とドワーフ兵の戦闘を見てもらえればわかる通り、私達、ドワーフ族はあまり戦闘力に秀でておりません。ですから、皆様のような強者(つわもの)のお力をお借りできるのでしたら、こちらとしましても大変ありがたいのです」

リリスはそう言って、微笑(ほほえ)む。

「馬車にお乗りください。ドワーフ国まで案内いたします。狭い馬車ですが、後、三人くらいなら乗れないこともないでしょう」

俺達は馬車に乗り込んだ。馬車が動き出す。こうして俺達はドワーフ国へと向かったのである。

## 【魔王軍四天王クルーガーSIDE】

そこは鬼城と言われる、魔王城とはまた異なる、四天王クルーガーの根城であった。

魔王軍四天王は魔王不在の現状の魔王軍にとっては実質的なトップの権力者であり、その扱いもまた特別なものであった。その鬼城に、鬼族である魔王軍四天王クルーガーはいたのである。だが、そこでの生活は奔放そのものであった。

「ああ……だ、駄目です……クルーガー様」

クルーガーは普段着用しているフルプレートの鎧を脱ぎ去り、その身後にまで隆々とした逞しい肉体を曝け出している。そして、クルーガーは同じ鬼族の見目麗しい女性達を幾人も侍らせていたのだ。

これから、ドワーフ族と戦争をしようというのに、実に呑気なものであった。

「良いではないか……乳などいくら揉んだところで。減るわけでもあるまいし」

クルーガーは左右の手で乳房を鷲掴みにし、楽し気に揉んでいたのだ。玉座に腰かけ、実に上機嫌な様子であった。

しかし、そんな上機嫌なクルーガーの気分に水を差すような出来事がこれから起こるのであった。

「クルーガー様！」

慌てて、魔族兵が駆け込んできた。

「……ちっ。なんだ。我が楽しんでいるところに……何用だ？」

クルーガーは露骨に機嫌を悪くし、舌打ちをしてみせた。

「……ほ、報告があります！」

「報告？　なんだ？　申してみよ」

「は、はい！　ドワーフ国の姫の襲撃についてです！」

「ほう……ドワーフ国の姫が出国するという情報は、魔王軍の諜報機関が苦労して手に入れたものだ。まさか、失敗したわけではないだろうな？」

「ひ、ひぃっ！」

クルーガーは鋭い眼光で魔族兵を睨みつける。まるで蛇に睨まれた蛙のように、魔族兵は縮こまる。

「そ、それが……その……し、失敗しました」

「……そうか」

『失敗』したという、魔族兵の報告に対して、予想外なことにクルーガーは淡々と受け答えた。

「なぜ失敗したのだ？」

「そ、それが……その。本来は失敗するはずがなかったのです。なぜなら、相手はあの非力なドワーフ族なのですから……で、ですが余計な邪魔が入ったのです」

「余計な邪魔……とはなんぞや？」

「そ、それがその……あのジョブ・レンダー《職業貸与者》、トール率いるパーティーです。あの我らが魔王軍四天王のルシファー様を倒したという噂もある連中です。

　そいつらが突如として我々の邪魔立てをしてきたのです。奴らは噂通りに手強く、襲撃に失敗したのも致し方なかったのです」

「……ほう。そうか、報告ご苦労だったな」

　クルーガーは玉座から立ち上がり、ゆっくりと魔族兵のところまで歩み寄る。

「良くやった」

「へ？」

　クルーガーは魔族兵の頭に手を当てた。一瞬、頭でも撫でるのかと思った。子供をあやすかのように。だが、現実は想像とは大きく異なる結末を迎える。

「ふん！」

「えっ!?」

　グシャ！

　クルーガーはその剛力で、一瞬にして魔族兵を押しつぶしたのだ。

「褒美に痛みを感じることなく、一瞬で貴様を葬ってやったぞ。ぐあっはっはっはっはっはっはっはっは！」

　クルーガーの哄笑が鬼城に響き渡る。クルーガーは衣類の着用を始める。そして、いつものように、ご自慢の鎧を着始めた。

「全く、情けない奴らよ。ドワーフの小娘一人、攫ってこれぬとは。こうなったら我自らが出向くまでよ」

「クルーガー様……自ら行かれるのですか？」

　侍らせていた女の一人にそう聞かれる。

「仕方がない……。手下共が頼りにならぬからな。なに、すぐに片付けて帰ってくる。その後は続きを楽しもうぞ」

　こうしてクルーガー自らがドワーフ姫の襲撃に出向くことになったのである。

　馬車は長い時間をかけて、ドワーフ国に辿り着いた。ドワーフ国は噂で聞いた通り、大きな洞窟の中にあった。俺達が馬車から降りると、大勢のドワーフ達が駆け寄ってきたのである。

「姫様！　ご、ご無事だったのですか!?」

「噂には聞いております。なんでも魔王軍の襲撃を受けたとか」

皆、ドワーフの姫であるリリスの身を案じていたようだ。

「はい……私は御覧の通り無事です」

「そ、そうですか……それは良かった。そちらの方々は？」

そちらの方々。勿論、ドワーフに比べれば一際背が高く、目立つ存在である俺達三人のことだ。

「こちらの方々は、私達ドワーフを救ってくれた恩人の方々です。彼らの助けがなければ我々の命は既にこの世にはなかったかもしれません」

「おお、左様でございますか。なんとお礼を申し上げればよいものか……」

「……ところで、国王であるお父様は今、どこにいるのでしょうか？」

「ドワーフ王ですか……。ドワーフ王でしたら、今は王城にいると思います」

「ありがとうございます。ではトール様達、王城へと向かいましょうか」

「あ、ああ」

こうして、俺達はドワーフ国の王城へと向かうのであった。

◇

「おおっ！　無事だったか！　我が娘リリスよっ！」

王城に辿り着くと、王冠を被ったドワーフが駆け付けた。他のドワーフと同じく、上背がない為、王冠を被っていなければ些か威厳に欠ける上に、王ということもわからないであろう。どうやら彼がドワーフ国の王であり、そして王女であるリリスの父親のようだった。

「わしは心配していたのだぞ。話には聞いている。お主の乗っていた馬車が魔王軍に襲撃されたと聞いてわしはもう居ても立っても居られなかったのじゃ。だが、お主の元気そうな姿を見て、わしは安心したぞ。今にも涙が出てきてしまいそうじゃ」

ドワーフ王はリリスに抱き着き、よしよしといった感じで頭を撫で始めた。無理もないだろう。愛娘が無事に帰ってきたのだ。国王と言えども、感情を露わにするのは。

「お、お父様。は、恥ずかしいですわ。皆様が見ています」

リリスはそう言って、頬を朱に染めた。

「お、おおっ。そうだの……ところで、そこにいる人間達は誰なのだ？」

ドワーフ王の興味が俺達に向いた。無理もない。俺達は目立つ……周りが背丈の低いドワーフ達ばかりなので相対的に。俺達が大きく見えてしまうのだ。

「彼らが私達を救ってくださった英雄達です。私達の命の恩人です」

「……おおっ。そうか、そうだったのか！　そういうことか！　道理で魔王軍を退けることができたわけだ。おかしいと思っていたぞ。我々ドワーフ族は見た目通り、背も低く、戦闘能力は高くないのだからな」

　ドワーフ王は納得した様子だ。ちなみにドワーフ族は炭鉱を生業（なりわい）とする為、筋力自体はそう低くはないらしい。ただ、絶望的にまでリーチが短いのだ。それはともかくとして、ドワーフ王は俺達に歩み寄ってきた。そして俺の手を握りしめる。

「誠にありがとう、旅の方々よ。少年よ、名はなんと申す。そして彼女達の名は？」

「俺の名はトール。そして彼女がエミリアで、セフィリスと言います」

「トール殿……君達のおかげで私の可愛（かわい）い娘の命は救われた。なんとお礼を申し上げれば良いか……。褒美は何が欲しい？　金が欲しいか？　我々はこれでも製作した武具を他国へ輸出していてな、貨幣（かへい）ならそれなりに蓄（たくわ）えがあるのだよ」

　ドワーフ王は続ける。

「それとも、我々ドワーフ製の武具や魔法道具（アーティファクト）をご所望（しょもう）か？」

「い、いえ……別に俺達はお礼が欲しくて助けたわけでは……ただ」

「ただ？　他に何か望みがあるのか？」

「はい……魔王軍とドワーフ国が戦争状態に突入しかけているという情報を得ております」

「ふむ……その情報は確かだ。我々ドワーフ国もまた、怪しげな情報を得ている。連中はどうやら、オーブを狙っているようなのだ」

「オーブ？」

「……うむ。太古のことだ。勇者率いるパーティーは苦労した末、永遠の魂を持つとされる不死身の魔王を倒した。だが、勇者達は魔王の肉体を滅ぼすことはできても、その魂までをも滅することは叶わなかったのだ。やむをえず、勇者達は魔王の魂を四つに引き裂き、それをオーブ——いわば魔石に封印したのだ」

「そうだったのですか。奴らにはそんな目的が……」

魔王の魂を封じ込めたとされる四つのオーブ。奴らには、そんな目的があったのか。魔王軍。奴らは危険な存在だと思っていたが、猶更放っておくことなどできなかった。かつて、この世界には勇者と呼ばれる存在があった。だが、今の世界には本物の勇者などいないことを、俺は誰よりも知っていたのだ。

「そうじゃ。だから奴らは楽にオーブを手に入れる為に、わしの娘であるリリスを誘拐しようとしたのじゃろうて。リリスの命と交換条件に、我がドワーフ国にあるオーブを手に入れようと……だが、幸いにも魔王軍の襲撃はトール殿。そなた達のおかげで未然に防ぐことができた。——だが」

「だが？」

「その結果、魔王軍はより直接的な攻撃を仕掛けてくるであろう。交渉材料であるリリスを手に入れられなかった以上は、もはや戦争は不可避かもしれぬ。奴ら——魔王軍が攻め込んでくるのも時間の問題だろうて」

　ドワーフ王はそう語る。

「確かに……その通りです。そうなる可能性は高い。ドワーフ王、魔王軍との戦争に、俺達も協力させてほしいのです……褒美はそれを許可してくれるだけで構いません」

「……いや。トール殿。お主達が強者であることは魔王軍を退けた事実からして明白なことだ。その強者達が我がドワーフ国の味方になってくれるというのは、わしらとしても非常にありがたいことだ。だがな……」

　ドワーフ王は顔を顰める。

「それでは我々がただ利益を得ているだけではないか。そなた達には、なんの得もない。それでは褒美とは言えないだろう」

「……そ、そうですか」

「そうだ！　こうしようではないか」

　ドワーフ王は何かを思いついたようだ。

「我々、ドワーフ国でそなた達を傭兵として雇おうではないか」

　ドワーフ王は、俺達にそう提案してきた。

「そなた達を雇う期限はドワーフ国と魔王軍との戦争が終わるまでじゃ。その期間が終了した際にはそれなりの報酬を支払おう。勿論、その間はこのドワーフ城で自由に生活してくれて構わないものとする」

「わかりました……それで構いません」

無償の奉仕というものは、それはそれで相手への精神的負担になりかねない。見返りを求めているわけではないが、それが相手の為にもならない場合もありえることでもあった。ドワーフ王の体裁もあるのだろう。部外者をタダ働きさせるわけにもいかないのだ。

「それではトール殿、エミリア殿、セフィリス殿。我々ドワーフ国の為……いや、この世界の命運がそなた達にかかっているのだ」

俺達はこうして、魔王軍とドワーフ国との戦争が終わるまでという期間ではあるが、ドワーフ国に傭兵として雇われることになった。

◇

ドワーフ国に傭兵として雇われた俺達は、しばしの間、ドワーフ城で生活をすることになる。『傭兵』というなんとなく、粗雑なイメージがする言葉とは裏腹に、俺達の生活は至れり尽くせりだった。実際のところとして、扱いは傭兵というよりかは賓客のようなものだった。ちゃんとベッドはあるし、風呂にも入れる。そして豪勢な食事が出てきた。

今日もまた、食堂で食事を摂ることになる。大きなテーブルには、所狭しと豪勢な料理が並んでいた。ドワーフ国は鍛冶により武具を輸出する引き換えに盛んに他国の物品を輸入している。その為、人間やエルフが好むような食材も輸入されているようだった。

ドワーフ族にとっては異種族である俺達の好むような料理も、テーブルには並んでいたのだ。

「……うーん！　おいしい！　この料理もおいしいわね！　これも最高！」

食いしん坊のエミリアは目の前の料理をおいしいそうに頬張っていた。

全く……呑気な奴だ。はぁ……。俺は思わず、溜息を吐かざるを得なかった。

一見、平穏な日常としか思えない生活を送っているが、魔王軍の戦火の炎は刻々と俺達の身に迫ってきているのだ。だが、そのことを憂いていてもどうしようもない。せっかくのおいしい料理もおいしく感じなくなってしまう。

こういう時ばかりは、エミリアの能天気さが羨ましくもあった。

——と、俺達が食事をしていた時のことであった。

「トール殿、エミリア殿、セフィリス殿」

ドワーフ王は神妙な顔つきで俺達の名を呼んできた。

「な、なんでしょうか？　ドワーフ王」

「うむ……実は君達に頼みがあってだな……」

「頼み、ですか？」

「うむ……」

ここに来て、ドワーフ国で食っちゃ寝しているだけの自堕落な生活を送っていた俺達にとっては、初めて、ドワーフ国に雇われている傭兵として、らしいことをすることになる。

「実はの……リリスが成人する上で、ドワーフ国に伝わる儀式があっての……その儀式の護衛を頼みたいのだ」

「リリス王女の護衛ですか？」

「うむ……ドワーフ国の王族の成人になる際、ある儀式を行うのだ。その儀式とは、ドワーフ国に伝わる三つの神器を鍛造すること。その神器を作るのは、容易いことではない。危険な場所にある素材を集め、伝説の鍛冶場で鍛冶を行わなければならないのだ。トール殿、君達には、その儀式を行う上でのリリスの護衛をしてほしい」

「……わかりました。王女の護衛をすれば良いのですね」

傭兵としてドワーフ国に雇われている以上、断る道理などなかった。

「おおっ、頼まれてくれるか。トール殿……実に頼もしいぞ」

いつまでも自堕落な生活を送ってはいられなかった。悪くない生活ではあったが、続けば些か退屈してきたところだ。

「えー……」

エミリアは不満げだ。

「……何が不満だ？　エミリア」

「だ、だって、ドワーフ国から出ると、おいしい料理を食べられなくなっちゃうじゃない」

エミリアは、不満をそう漏らした。

「我慢しろ、馬鹿」

俺はエミリアを叱責する。

「はーい……ぐすんっ」

エミリアは涙を呑んだ。そんなにここの料理を食べられないのが悲しいことなのか。

——ともかく。

「ドワーフ王、王女リリス様の護衛任務、謹んでお受けします」

「おおっ！　受けてくれるか……トール殿……それは実に頼もしいぞ。だそうだ、リリス。ドワーフ兵などよりも、彼らの方が余程頼りになるぞ」

ドワーフ王はそう言っていた。事実だとしても、自国の民であるドワーフを卑下するのは如何なものかと思った……。それはさておき。

「はい。そうですね。お父様。トール様、エミリア様。セフィリス様。どうかよろしくお願いします」

そう言って、リリスは頭を下げる。

こうして、俺達はリリスの儀式の護衛任務を務めることになった。だが、儀式は順調には進まなかったのだ。やはり、魔王軍の戦火の炎はすぐ側へと迫っているのだということを思い知らされる出来事が起こるのであった。

◇

「それじゃあ、元気出していきましょうー！　えい、えい、おー！」

出発初日。ドワーフ国を出る際、エミリアが元気よく、声を上げた。

「それと、言っておくけど、おやつは一人、３００Ｇまでよ」

「全く……ピクニックに行くわけじゃないだぞ」

はぁ……俺はまたもや溜息を吐く。エミリアといると、どうやら溜息が尽きないようだ。

「皆様、この度は私の、いえ、ドワーフ国の為に護衛を引き受けていただき、誠に感謝しています」

リリスはそう言って、頭を下げた。彼女は、ドワーフ城にいた頃のようなドレスを着ていなかった。それも当然だ。これから俺達は過酷な旅に出るのだから。冒険者のような、防御力の高そうな鎧を身に着けているわけではないが。もっと動きやすい恰好をしていた。

「それで、まず、最初はどこに行くの？　リリス姫」

エミリアはそう聞いた。

「まずはここより北にある山脈を越え、大きな湖を越え、そして巨大な崖を通り、そこにある大きな山の頂上にまで登ります。そして、そこでアダマンタイトという貴重な鉱物を採掘するのです」

「げ、げー……聞いただけでもう、眩暈（めまい）がしてきたわ。もうお家に帰りたい」

『げー』ってなんだ。『げー』って。お前も一応は王族の人間で、一応はお姫様と呼ばれるような存在だろうが。

エミリアは踵（きびす）を返す。

「帰るな、帰るな。まだ俺達の旅は始まったばかりだろ」

「ぐえっ！」

俺はエミリアの首根っこを摑（つか）む。

「じょ、冗談。冗談よ、トール。やだなー……本気にしちゃって……もう」

どうだか……信用できない。こいつなら本気で帰りそうなものだ。

「それじゃあ、準備もできたことだし、出発しようか」

こうして、俺達はドワーフ国を出発したのであった。

◇

「ぜぇ……はぁ……ぜぇ……はぁ」

俺達は長時間、歩き続けた。目的地である北の山頂に至るには、多くの関門を突破しなければばならなかった。高低差が激しく、悠々と馬車で行けるような場所ではなかったのだ。その為、どうしても歩かなければならない距離が長くなる。

「ぜぇ……はぁ……ぜぇ……はぁ」

エミリアは息を切らしていた。顔から濁流の如く汗を流している。必死の形相のエミリアからは『王女』という高貴な身分であることは、微塵たりとも想像できなかった。「……死ぬ……トール。私、死んじゃう……」

「大袈裟な奴だな……」

「トール、あなたのジョブ・レンダー《職業貸与者》の力で私を楽させて。ワイバーンかグリフォンを捕まえて、手懐けて、私を楽させて。お願い」

エミリアが、そう懇願してくる。

「無理だ」

「どうして？」

「空は空で危険だからだ。ここら辺の空域には危険な飛行モンスターがうじゃうじゃと湧いているそうだ。空から落っこちたら元も子もない。結局、地道に歩くしかないんだよ」

「そんな……」

エミリアは絶望した。

「だ、だったら……せめて少し休ませて……ほら、ここ、こんなに良い見晴らしじゃない？」

「ん？　……あ、ああ……そうだな」

　俺達はやっとのことで、北の山脈を抜けた。そして、大きな湖に辿り着いたのだ。まだまだ目的地までは遠い。だが、一段落ついても良い頃合いでもあった。それに、エミリアだけではない。他の面々も疲労はそれなりに溜まっている様子だった。

　ただ、エミリアと異なり、表に出さないというだけのことである。俺は溜息を吐いた。

「わかった……良いだろう。しばらく、この湖の畔で休憩しよう」

「やった――――――――――――――――――――！」

　エミリアは歓喜の雄叫びを上げる。他の二人も、感情をあまり出さないが安堵の溜息を吐いていた。

「トール！　お肉！　お肉！」

　エミリアは疲労困憊していても、食欲だけは旺盛なようだった。

「あ、ああ……わかった。慌てるな。ちゃんとやるから」

　俺はアイテムポーチから『干し肉』を取り出す。移動の最中である為、食べ物は保存のきくものしか持ち歩きできない。

「ありがとう！　トール！」

　俺は他の二人にも『干し肉』を渡した。こうして、湖の畔で俺達は休憩をとることになったのだ。

◇

「うーん……食べた。食べた。けど物足りないわねー。トール、もう一本『干し肉』をちょうだい！」

「ダメだ……何本目だと思っているんだ……貴重な携帯食料をそんなに浪費できない」

持ち運べる食料に限りがあるのだ。エミリアの底なしの食欲を満たせるだけの蓄えなどあるはずもない。鉱山で採掘を終え、帰ってくるまでにどれだけの日数が必要なのかわからないのだ。食料を途中で得られる保証もない。携帯食料はそれだけ貴重なものなのだ。

「ちぇっ！　トールのケチ！」

エミリアは露骨に舌打ちをしてみせた。

「俺を悪者にするな……別にエミリア。お前を虐めているわけじゃない。俺はパーティー全体のことを考えてだな……」

「わかってるわよ……別にトールが私にイジワルしているわけじゃないことくらい。トールは優しいもんねー」

「……べ、別に俺は優しくなんてない」

「はいはい。そういうことにしといてあげるわよー。お腹は全然一杯じゃないけど、なんだか食べたら眠くなってきたわ……ふぁぁ……」

エミリアは、寝そべって眠り始めた。全く、こいつは食べるか眠るかしかしていないじゃないか。俺は呆れるより他になかった。

「俺達はピクニックに来ているんじゃないんだぞ」

「ぐー……ぐーがー……もうダメ、トール、私こんなに一杯食べられない」

もう寝ている。まだ一分も経っていないというのに。こいつの食欲と睡眠欲の強さはもはや特技と言っても過言ではない。

「全く、ある意味羨ましい奴だ」

「……むにゃむにゃ……。ダメよ、トール……いくら私が魅力的だからって、そんなに強引にきちゃ……もっと優しく……ダメ……トール……い、いやっ……そこは」

エミリアは寝ながら頬を赤らめていた。

都合の良い夢の中に人を出すな……。気持ちよく寝ているところ悪いが、起こしてやろうか、とも思わなくもない。まあいい……放っておくか。エミリアが起きていても面倒なだけだ。しばらくは寝かしておこう。

——と、その時のことであった。

「トール様」

セフィリスが俺の名を発した。

「ん？　なんだ？　セフィリス」

セフィリスはさっきからずっと湖面を見つめていた。

何かあったようだ。

「どうかしたのか？」

「……湖面が揺れています」

セフィリスはエルフである為、また『弓聖』の職業を貸与されている為、視力だけではなく、その他の感覚も鋭敏だ。当然聴覚もだ。その為、俺達では認識できない領域で何かを敏感に感じ取ったのだろう。

「何かがいます」

「湖には色々な生き物が生息している……多分、魚じゃないか？」

俺はそう言った。湖に魚くらいがいたとしても、別に不思議ではない。

「魚ではありません……鼓動がもっと大きいです」

「鼓動？」

「はい……心臓の音です」

セフィリスは淡々とした様子で言ってくる。

水面下の生き物の心臓の音が聞こえてくるというのか……。異常なまでに鋭敏な聴覚だった。

俺は危険を察し、身構える。

「ぐがー……ぐがー……むにゃむにゃ」

「おい、起きろ、エミリア」

俺はエミリアの肩を揺らす。

「ん？　どうしたの？　トール……なによ。せっかく、人が気持ちよく眠っていたのに……」

エミリアは瞼(まぶた)を手の甲で擦り、眠たそうにしてやっとのことで目を覚ましたのだ。

「眠ってる場合じゃないぞ。何かが来るぞ」

「え？」

ドバ――――――――――――！

水面から勢いよく、何かが飛び出してきた。

「きゃああああああああああああああああああああああああああああああああああああ！」

突然の出来事に、リリスが甲高(かんだか)い悲鳴を上げた。彼女はドワーフの王族だ。恐らくは俺達のような戦闘経験がないのであろう。悲鳴を上げるのも無理もない話であった。

目の前に現れたのは大きな魚であった。だが、ただの魚ではない。人間のような両手と両足があり、陸上でも普通に立っていた。そして、手には槍のようなものを持っている。『フィッシャーマン』。それがこのモンスターの名だった。

「人間と……それから、エルフ……ドワーフか……。男一人に女三人……じゅるり……」

フィッシャーマンは俺達を品定めするかのような目で見やり、舌なめずりをした。

言語を話している。フィッシャーマンは人間のような両手足があるだけではなく、それなりの知能も持ち合わせているようだった。ただ、そのことで余計に不気味さに拍車をかけているのも事実であるが……。

「……そこの男」

今、パーティーに俺以外に男はいない。当然のように、俺のことを言っているのだと思われる。

「……なんだ？」

「俺は人間の肉を好んで食う……特に、女の肉が好みなんだ……じゅるり」

再度、フィッシャーマンは舌なめずりをし、エミリア達を見やる。『人間』と言ってはいたが、恐らくはエルフやドワーフなどの亜人種も捕食の対象として含まれているのだろう。

「ひ、ひいっ！　た、食べるのは好きだけど、食べられるのは嫌よ！」

エミリアは恐怖のあまり、慄(おのの)いていた。食べられるのが好きな奴などいまい。

「だが、男の肉はあまり好きじゃない。筋肉が付きすぎていて、硬いしな……そこでお前に提案がある」

「提案？」

「そこの女、三人を差し出せば、お前を見逃してやる。どうだ？」

「誰が差し出すか……馬鹿なことを言うんじゃない」

「交渉決裂か……まあ、いい」

フィッシャーマンは槍を構える。そして、天高く跳んだ。

「ならば、死ね！　愚かな人間めっ！」

フィッシャーマンが天空から襲い掛かってくる。

「トール様！　危ない！」

リリスが不安げに声を発する。

「心配しないで……リリス姫」

エミリアは、リリスにそう声をかける。

「え？　……でも」

「トールはあんな奴に、絶対に負けないんだから」

エミリアは、そう断言した。

「セルフ・レンド《自己貸与》『ガンスリンガー』」

俺は『ガンスリンガー』の職業（ジョブ）をセルフ・レンド《自己貸与》する。腰に二丁の拳銃を備える。『ガンスリンガー』は銃を使用する職業だ。当然のように、この職業（ジョブ）は銃を扱うだけあって、遠距離戦に秀でた職業（ジョブ）だった。だが、もう一つ、この『ガンスリンガー』という職業（ジョブ）には利点があった。――それは。

『速撃ち』である。尋常（じんじょう）ではないほど、攻撃に転じるまでの速度が速いのだ。フィッシャーマンが俺に襲い掛かってくる。

「キシャアアアアアアアアアアアアアアアアアアアアアアアアアアアアアアアアア！」

フィッシャーマンが奇声を上げる。

俺はホルスターから速やかに銃を構える。そして引き金を引いた。

パァン！　パァン！　パァン！

俺は瞬時に三発の銃弾を放った。正確無比な銃弾はフィッシャーマンを貫いた。フィッシャーマンの攻撃は俺に届くことはなかった。

「な、なに？　グワアアアアアアアアアアアアアアアアアアアアアアアアアアアアアア！」

フィッシャーマンは断末魔（だんまつま）の叫びを上げて果てる。

「凄（すご）い！　やった！　流石（さすが）、トール！」

エミリアはわかりやすく喜んだ。

「ほっ……トール様はご無事のようですね」

リリスは安堵（あんど）の溜息を吐いた。

「……さて。余計な敵は片付けた。休憩も終わりだ。そろそろ、次の目的地へ向かって動き出すぞ」

俺達は動き出そうとした。その時だった。

「……じゅるり」

「どうしたのですか？　エミリア様」

　なかなか歩き出そうとしないエミリアを怪訝に思ったセフィリスは、そう聞いた。エミリアは涎を垂らしていた。エミリアは倒れたフィッシャーマンの死骸を見ていたのだ。

「……何をやっているんだ？　エミリア。何かあるのか？」

「ねぇ……こいつ、おいしそうじゃない？」

　エミリアはそう言ってきた。

「おいしそう……か？」

　俺は首を傾げた。魚から両手足が出ている。その様はおいしそうとはとても思えない。ただただ不気味に感じられた。

「俺には不気味にしか見えないが……ゲテモノにしか見えない」

「見た目は悪くても、食べてみればおいしいかもしれないじゃない？」

　見た目が悪くても……って、さっきの『おいしそう』って言葉と矛盾するじゃないか、それじゃあ。こいつ、腹が減って、食べられそうなものならなんでも食べようとしているんじゃないか。

「食べるつもりなのか？　エミリア……やめておけ。思わぬ毒があるかもしれない」

「多分、大丈夫よ。だってこいつ、手足があるだけで見た目は普通のお魚じゃない。それに、もし毒があったとしても、私の聖女の力で癒せば大丈夫よ！」

エミリアは強く言い切る。

「はぁ……」

俺は深く溜息を吐いた。こいつに何を言っても無駄だ。大人しく言うことを聞くしかないのだ。仕方なく、俺達はフィッシャーマンを料理することにした。まず、フィッシャーマンの身体を、持っていた刃物で解体する。

そして、それを様々な方法で調理した。シンプルに焼いたり、刺身にしたり、鍋で煮込んだり。しかし、因果なものであった。人間を好んで食べる（特に女を……だったか）モンスターが倒され、こうして俺達に食べられようとしているのだから。因果応報とも言えよう。

「……できたぞ」

ついに、フィッシャーマンの料理が完成した。

「わーい！」

エミリアは手を叩いて喜ぶ。

「「「…………」」」

だが、エミリアを除いた俺達三人は押し黙っていた。喜んでいたのはエミリア一人だ。元々の、あの不気味な姿を知っていて、とても目の前の料理を食べたいとは思わなかった。見た目は、普通の魚料理に見えるが、とりあえず、様子見をしたかった。

毒でも入っているかもしれないし。

しかし、それでもエミリアは臆することはなかった。

「いただきまーす！　……うーん！　おいしい！」

スプーンで魚肉を口に放り込む。もぐもぐもぐ。エミリアは、次々に魚肉を口に放り込む。

「……平気か？　エミリア。どこか、体調悪くなったりしないか？」

「体調？　別に普通だけど……どこもおかしくなってないわよ」

「本当か？」

俺は首を傾げる。

「本当よ。それより、皆食べたら。元の姿はあれだったけど……料理はちゃんとおいしいわよ」

「そ、そうですか……ではいただきましょうか」

リリスは躊躇(ためら)いながらも、スプーンを手に取った。リリスは恐る恐る、魚肉を口に放り込む。

リリスは最初は苦悶(くもん)の表情であった。だが、しばらくすると表情が明るく晴れたではないか。

「おいしいです……」

「本当か？」

「……は、はい。本当です。ちゃんと魚の味がします」

「……そうか」

リリスがそう言うのならば、味を含めて食べて問題ないのだろう。それがエミリアだけなら、こいつがゲテモノ好きの味覚音痴というだけのことで済むだろうが。リリスまでおいしく食べられるのなら信用してもよさそうなものだった。

遅れて俺とセフィリスも料理に口を付ける。スプーンで魚肉を口に運んだ。

……おいしい。口の中に魚の味と塩気が広がっていく。食感はちゃんと魚の身のようだった。

「おいしい……」

「でしょ。私の言った通りでしょ！　えっへん！」

エミリアはそう言って、胸を張ってドヤ顔をした。ちなみに別にこいつは何もしていない。フィッシャーマンを倒したのも、料理したのも主に俺だ。エミリアは誰よりも先んじて、料理に口を付けたすぎない。……だがまあいい、それは別に。今は料理に舌鼓を打つのが先だ。

あいつめ……あんなゲテモノみたいな、不気味な見た目をしておいて。それでいて、食ってみれば以外にうまいだなんて。なんとなくむかつくモンスターだった。

ともかくとして、食事を楽しんだ俺達は、早速、次の目的地へと向かったのである。

「はぁ……はぁ……はぁ」

その後、俺達は苦労して北の鉱山の山頂付近までたどり着いた。道中は険しい道ばかりであった。だが、なんとかして、俺達はたどり着いたのだ。

「はぁ……はぁ……はぁ……ここに伝説の鉱物と言われるアダマンタイトがあるはずなのです」

「それで、どこにその鉱物があるんだ？」

リリスもまた息を切らしつつ、そう説明した。

「あ、あれではないでしょうか!?」

リリスがそう言って、指を差す。目の前には、眩い虹色の輝きを放つ巨大な鉱物のようなものがあったのだ。

「そうか……あれがアダマンタイトか」

「はい。恐らくはそうでしょう」

「だったら、後はそれを採掘して帰ればいいだけか」

「はい……そうですね。その通りです」

俺達は実に楽観的に考えていた。だが、事態はそう簡単にはいかないようだった。

「見てください。トール様」

セフィリスがそう言って、指を差した。

「なんだ？　どうかしたのか？」

「よく見てください。この鉱物、動いています」

「動いている?」

よく、見てみると目の前の鉱物が動いていることに気づく。

「こいつ……生きているのか」

目の前の鉱物が振り返る。鉱物にはドラゴンのような顔があった。

「こいつは……ドラゴン。アダマンタイトドラゴンか」

ドラゴンの中には鉱物を身に宿すものも存在するという。この目の前にいるアダマンタイトドラゴンもその中の一種だ。

俺達は身構える。やはり、楽にアダマンタイトを手に入れることはできないようだった。いや、ここに来るだけでも十分に大変ではあったが。

「ガアアアアアアアアアアアアアアアアアアアアアアアアアアアアアアアアアアア!」

アダマンタイトドラゴンは俺達を認めると、大きな叫び声を上げた。

「セフィリス、攻撃してみてくれ!」

「は、はい。わかりました。トール様」

セフィリスは弓を構え、矢を放つ。セフィリスは瞬時に三つの矢を放った。

キイン! キイン! キイン!

「なっ!?」

セフィリスは驚いたように目を大きく見開く。

彼女の放った矢は、アダマンタイトドラゴンの硬質な皮膚（ひふ）に弾かれ、まともにダメージを与えることはできなかった。

「な、なんて硬い皮膚なのでしょうか」

リリスもまた驚いている様子だった。

「アダマンタイトは伝説的な金属だからな……まともな攻撃では通用しないわけだ」

俺はアダマンタイトの硬質さを再認識する。

「ど、どうするのよ！　トール！　このままじゃ私達、あのドラゴンに食べられちゃうじゃない！」

エミリアは慌てていたが、俺は作戦を考えていた。確かに、あのアダマンタイトドラゴンの皮膚は硬質だ。物理攻撃は殆（ほとん）ど無効化されてしまうだろう。だが、あの硬質な皮膚の内側はまた別だろう。

そんなことを考えている間に、アダマンタイトドラゴンが攻撃を仕掛けてくる。

「『ホーリーウォール（聖なる光の壁）』！」

エミリアは『聖女』としての能力（ちから）を発動する。無色透明な聖なる光の壁が俺達を守った。

アダマンタイトドラゴンの尾っぽとエミリアの『ホーリーウォール（聖なる光の壁）』がぶつかり合い、けたたましい音を立てる。

「くっ！」

アダマンタイトドラゴンの攻撃は凄まじく、エミリアの『ホーリーウォール』を以てしても、防ぎ切れないほどであった。『ホーリーウォール』に微細なヒビが入った。耐えられたとしても、後一撃くらいのものだろう。

「エミリア、セフィリス。頼みがある」

「頼みって、何？　トール？」

「少し時間を稼いでくれ。俺に考えがある」

「わ、わかったわ。トール」

「わかりました。トール様」

セフィリスはアダマンタイトドラゴンの顔面に目掛けて、矢を放つ。

キィン！　キィン！　キィン！

その攻撃ではダメージを与えることはできないのは承知の上だった。だが、セフィリスの攻撃は目くらましのような効果を発揮し、アダマンタイトドラゴンは怯んだ。多少の時間稼ぎ程度の効果を発揮したのだ。俺はその間に準備を進めることとした。

「セルフ・レンド《自己貸与》『大賢者』」

俺は『大賢者』の職業をセルフ・レンド《自己貸与》する。俺はローブを羽織った魔法使いのような姿になった。手には魔導書を備えている。『大賢者』の職業は攻守、癒しに優れた万能の魔法職ではあるが、呪文の詠唱が長いのが欠点であった。当然のように、強力な魔法ほど、呪文の詠唱が長くなる。それだけ無防備な時間が長いってことだ。エミリアとセフィリスに『時間を稼いでくれ』と言ったのもその為である。

俺は呪文の詠唱を始める。

「ガアアアアアアアアアアアアアアアアアアアアアアアアアアアアアアア！」

危険を察知したからか、あるいはただの気紛れからか、アダマンタイトドラゴンは再度の攻撃を仕掛けてきた。尾っぽによる攻撃『テイルアタック』だ。

「きゃあああああああああああああああああああああああああ！」

エミリアが悲鳴を上げる。

パリィ――――――――――――――――――――――――ン！

『ホーリーウォール』が甲高い音を立てて、飛散した。まるでガラスが割れたかのように。

『ホーリーウォール』が耐久の限界を迎えたのだ。

「エミリア様！」

リリスが叫ぶ。

……だが、時間稼ぎとしては十分だ。準備は整った。

「ありがとう、二人とも。離れてくれ」

エミリアとセフィリスの二人は、アダマンタイトドラゴンから距離を取る。

俺は魔法を放つ。

「『メギドフレイム』」

ゴオオオオオオオオオオオオオオオオオオオオオオオオ！

紅蓮の炎がアダマンタイトドラゴンに襲い掛かる。確かに、アダマンタイトドラゴンの皮膚というのは硬質なものだった。だが、大抵の生物は呼吸しなければ生きてはいけない。アダマンタイトドラゴンに口や鼻がないはずもない。どんなに皮膚が硬質でも、それ以外の部分が弱点になりえたのだ。

『メギドフレイム』は地獄の業火のように、アダマンタイトドラゴンに襲い掛かり、対象を燃やし尽くさない限りは決して消えることはないのだ。

「ガアアアアアアアアアアアアアアアアアアアアアアアアアアア！」

アダマンタイトドラゴンはしばらく耐えたが、そのうちに耐え切れなくなり、断末魔の叫びを上げて、果てた。

『メギドフレイム』の炎が消える。これは対象が死亡した証である。

「はぁ……なんとかなったか」

俺は安堵の溜息を吐く。アダマンタイトドラゴンは死亡したが、それでも皮膚を覆っていたアダマンタイトは微塵も欠けることなく残っていた。

流石は伝説の鉱物と呼ばれるアダマンタイトだと言えよう。俺達はアダマンタイトドラゴンの死骸から、アダマンタイトを採掘する。

【アダマンタイトの塊】を手に入れた。俺は早速、【アダマンタイトの塊】をアイテムポーチに入れた。

「……はぁ……良かった。これでやっとこの山を下りられるのね……」

エミリアもまた、安堵の溜息を吐く。こうして、俺達は北の鉱山を下りることができた。だが、その後、思わぬ出来事が俺達を襲うのであった。そう、魔王軍四天王の一角であるクルーガーとの遭遇である。

◇

「……はぁ。やっとこれでドワーフ国に戻って、食っちゃ寝しているだけの自堕落な生活に戻れるのね」

エミリアは能天気なことを言っていた。

「馬鹿を言うな、エミリア。ここからが本番だぞ。ドワーフ国に伝わる儀式はまだ終わっちゃいないんだ」

「え？　こんなことまだ続くの？」

「当たり前だろ」

それに、ドワーフ国と魔王軍が本格的な交戦状態になるのはこれからなのだ。無事にリリスの儀式が終わり、ドワーフ国に戻ったとしても、とてもエミリアが望んでいるような食っちゃ寝するだけの生活などやってくるはずもない。

「ふぇー……じゃあ、これから私達、どこに行くのよ？」

「さらに北へ向かうんだ。そこに氷雪地帯があって、フロストドラゴンがいるんだ。そいつを倒して、フロストドラゴンの牙を入手しなきゃならないんだ」

アダマンタイトは大変硬質な金属である為、容易な方法では加工できない。加工する為には氷雪地帯に生息しているフロストドラゴンの牙が必要になってくる……らしい。

「ふぇー……はぁ……いい加減、ふかふかのベッドで寝たいわよ……とほほ」

エミリアは不満げだったが、仕方のないことだ。任務が終わるまで俺達は、ドワーフ国に戻るわけにもいかなかったのだ。

北の鉱山で『アダマンタイト』の採掘を終えた俺達は、さらに北へ向かうことになる。目的は氷雪地帯に生息しているフロストドラゴンの討伐にあった。しかし、氷雪地帯に向かう途中、予想外の出来事が起こるのであった。

俺達は北の鉱山を下り、さらに北にある氷雪地帯を目指して移動を始めた時のことであった。

俺達は密林地帯を歩く。周りには大量の木々が茂っており、視界が非常に悪かった。氷雪地帯に辿り着く為には、この密林地帯を踏破しなければならないらしいのだ。

「……暗くて、じめじめしたところね。トール」

エミリアはそう、漏らす。

「……そうだな」

俺は相槌を打った。

「居心地も悪いし、なんだか、今すぐにモンスターでも出てきそうじゃない。早くこんなところ抜け出してしまいたいわ」

エミリアはそう漏らす。それに関しては俺も同意見だった。

ガサガサ！

「きゃっ！　な、なに！　この音！　モンスター!?」

どこからか物音が聞こえた。木々が擦れるような音だ。

「い、いえ……違います。この鼓動はモンスターのものではありません。恐らくは魔族のものです」

聴覚が異様に鋭敏なセフィリスがそう言う。彼女が言うならば間違いない。相手はモンスターではない。魔王軍の手の者であろう。俺達はそう確信し、警戒を一層強めた。

俺達の目の前に、魔族兵の群れが姿を現す。どうやら、俺達のことを探しているようであった。

「……ッ！　き、貴様達は！　ジョブ・レンダー《職業貸与者》、トール率いるパーティーではないか！」

「ふっ……情報通り、ドワーフ国の姫も一緒にいるな……」

魔族兵達が我々と湧いてくる。

「ジョブ・レンダー《職業貸与者》トール率いるパーティーよ。我々の目的はそこにいるドワーフ国の姫――リリスにある。そやつを大人しく渡せば、お前達の命は見逃してやろう。どうする？」

「ふざけるな！　俺達はリリス姫の護衛としてドワーフ国に雇われているんだ！　その俺達が彼女を大人しく渡すわけがないだろうが！」

俺は叫ぶ。

「ふっ！　交渉決裂だな！　かかれ！　野郎共！」

「「「キキキキキキキキキキキキキキキキキキキキキキキキキキキキキキキキキキキキ」」」

魔族兵の群れが奇声をあげて、俺達に襲い掛かってくる。

「きゃあああああああああああああああああああああああああああああ！」

リリスが甲高い悲鳴を上げた。悲鳴が密林地帯に響き渡る。

「セルフ・レンド《自己貸与》『剣聖』」

俺は『剣聖』の職業をセルフ・レンド《自己貸与》した。魔族兵の群れとの距離は近く、接近戦をする上ではやはり『剣聖』の職業の有効性は高いと判断した。

「はあああああああああああああああああああああ！」

『剣聖』の職業をセルフ・レンド《自己貸与》した俺は剣を振るう。

流れるような剣技で魔族兵の群れを倒していく。

「「「グオオオオオオオオオオオオオオオオオオオオオオオオ！」」」

魔族兵の群れは悲鳴を上げて、果てていった。

「く、くそっ！」

「つ、強いぞ、こいつ！　ジョブ・レンダー《職業貸与者》トール、噂通り……いや、噂以上の強さだ」

「流石は、あのルシファー様を倒したってだけのことはあるってことだな……」

「で、でもどうするんだ？　……あ、あんな奴、俺達じゃ勝てるわけないだろ」

「……に、逃げるしかないか？」

「どけ」

「ひ、ひいっ！」

魔族兵の群れが引いていく。そして、一人の大男が姿を現した。

フルプレートの鎧（アーマー）を着た、一人の大男。手には大斧（おおおの）を携（たずさ）えている。

「ク、クルーガー様！」

「全く……情けない奴らよ。せっかく獲物が見つかったというのに、逃げようとするとは。そんなことでは戦士の名折れもいいところよ……」

　騒ぎを聞きつけ、相手の親玉が駆け付けてきたというわけだ。

「もう退け。これからは我が相手をしてやろう」

「は、はいっ！　クルーガー様」

「お前が魔王軍四天王の一人……クルーガーか……」

　奴の存在は噂には聞いていた。だが、実際相手を目の前にして、その存在の大きさや威圧感は噂以上であった。

「いかにも、我が魔王軍四天王クルーガーである。貴様が、噂に聞いたジョブ・レンダー《職業貸与者》トールか」

「そうだ……」

「改めて問うが、我々の目的はそこにいるリリス姫にある……大人しく渡せば命だけは助けてやるがどうする？　……ん？　後ろにいい女がいるではないか……そうだの……あの二人は我の情婦として生かしてやろうではないか。グアッハッハッハッハッハッハ！」

　クルーガーが高笑いする。完全にこっちを馬鹿にしているようだった。

「トール……情婦ってなに?」

エミリアは言葉を知らないのか、俺に聞いてきた。

「情婦っていうのは、その……あの……そのだな」

俺は口ごもる。

「ごにょごにょしていないで、ちゃんと教えてよ」

「エミリア様……情婦っていうのはですね……」

セフィリスはエミリアに耳打ちする。

「ごにょごにょごにょ」

「はっ!」

エミリアは顔を赤く染める。

「ぜ、絶対嫌よ! 私、トールと以外、そういうことしたくないもの!」

エミリアはそう叫んだ。

俺はエミリアの発言に関しては流した。

「というわけだ……俺達はリリス姫を渡すわけにはいかない」

「ぐっはっは。馬鹿な奴らよ。命をドブに捨てるとはな……あの世で後悔するがよいぞ。トールとやら……それと小娘達」

クルーガーは大斧を構える。大きな斧のはずではあるが、クルーガーが巨体な為、それほど大きくは感じられなかった。奴は大斧を軽々と扱っているのだ。

「まずいな……」

俺は呟く。

「え？　何が？」

「あいつの装備……あの装備は恐らくは、俺達が苦労して手に入れたアダマンタイトの鉱石からできている」

クルーガーの鎧と大斧は輝かしい光を放っている。あの光はアダマンタイトドラゴンが放っていた光と間違いなく同じものだ。奴の装備はアダマンタイト製のものだろう。勇者と魔王が戦っていた太古から存在する、伝説級の装備なんだろう。

「奴の装備がアダマンタイト製だとするなら、アダマンタイトドラゴンの時と同じように、俺達の攻撃は殆ど受け付けないはずだ」

俺は剣を構える。奴の装備がハリボテということはまずありえないことだと思うが、試してみる必要性があった。

『剣聖』状態の俺は、剣を構えながらクルーガーとの間合いを詰めていった。

「ふむ……貴様が我と戦うというのか……実に勇敢だの……だが、我を一人で相手にするのは無謀としか言いようがないの……」

「御託は良いから、さっさとやるぞ」

「うむ……そうだな……では始めるか」

俺達は間合いを詰めつつ、睨み合う。時が止まったかのような緊迫した時間が流れる。

「貴様から来ないのか……では、我から行くぞ」

痺れを切らしたクルーガーは先に動き出した。

消えた。思わず、そう錯覚してしまうほどに機敏な動きであった。

その巨体からは想像もできない速い動きだった為、不意を衝かれるような形になる。

キィン！

甲高い音が響いた。

「くっ！」

その巨体から繰り出される一撃は、見た目からくるイメージ通り重いものであった。

瞬時の内に、この一撃は受け止めるのは危険だと察した。そこで俺は流れに逆らわず、受け流すことにした。攻撃を食らった俺は宙を舞う。一見、力負けして攻撃を食らったように見えるだろう。だが、まともに受け止めるよりはずっと受けたダメージは少なかった。

「トール様！」

リリスが叫ぶ。

「俺なら大丈夫だ。リリス姫」

俺は空中に舞いつつ、くるくると回転して着地をする。

「……ふっ、達者な奴よの」

クルーガーは、そう吐き捨てる。噂に聞いた話ではクルーガーは鬼族（オーガ）の種族であるらしい。その噂通りの怪力の持ち主のようであった。その馬鹿力は決して侮（あなど）れるものではない。そしてその巨体に似合わぬ俊敏さも実に厄介（やっかい）なものであった。

後は奴の装備が本当にアダマンタイトかどうかを確かめるのみだった。

俺は剣を構え、再度奴に接近する。

「……先ほどの一撃でまだ戦意を失っておらぬか……見上げた根性だ。小僧」

大斧という武器は大抵の場合、一撃の攻撃力には優れているが、反面、攻撃した際の隙（すき）が大きいものであった。

「ふんっ！」

クルーガーが俺に襲い掛かってくる。動きは速い。だが、所詮（しょせん）は直線的な攻撃だ。読めていれば避けられないということもない。俺はクルーガーの一撃を寸前のところで避ける。

ド――――――ン！

クルーガーの大斧による一撃は、地面にクレーターのような窪（くぼ）みを作り出す。巨大な土煙が起こった。だが、それは同時に、その攻撃が俺に当たっていないということを意味していた。攻撃が空振（からぶ）りした際に隙が生じたのだ。

「ぬっ！」

クルーガーが大きく目を見開く。

「そこだ！」

俺はその隙を見逃さなかった。がら空き(あ)の脇腹当たりに剣を振るった。

──しかし。

キイイイイイイイイイイイイイイイイイイイイイイイイイイイイイイイイイイイイイン！

甲高い音が響いた。俺の剣は奴の鎧(アーマー)に阻(はば)まれたのだ。いくら攻撃に隙があろうが、鉄壁の鎧(アーマー)で守られていてはその隙は意味を成さない。

俺は後ろに跳んで距離を取る。

「……その鎧(アーマー)。やはりアダマンタイト製か……」

「いかにも……人間よ。貴様、多少は物を知っているようだの。そうだ。こいつは伝説の鉱物であるアダマンタイトから作られている。……こいつは魔王軍に伝わる、鉄壁の鎧(アーマー)。我の弱点を補う、自慢の逸品(いっぴん)よ」

クルーガーはそう、誇らしげに語る。

「……そうか」

「……どうするのよ、トール！　あの鎧(アーマー)、とっても硬いんでしょ」

「そうだな……その通りだ」

大賢者の魔法を使っている余裕はなさそうだ。エミリアとセフィリスでは時間を稼(かせ)ぎ切れないかもしれない。クルーガーはアダマンタイトドラゴンとは違うだろう。多少は知能が高いはずだ。脳味噌まで筋肉なんてことはないはず。魔法に対してもなんらかの対処を施している可能性があった。

「じゃあ、あの大きい奴、倒せないじゃない」

「そうだな……その通りだ」

「だったら、どうするのよ?」

「決まってるだろ……逃げるんだよ」

俺はそう告げた。そう、俺達は別に、今この瞬間クルーガーを倒さなければならない理由はない。俺達の今の目的は奴を倒すことではないのだ。奴らは俺達に用があるかもしれないが、俺達は別に用はないのだ。相手をしなければならない道理はない。

「待て! 逃げるつもりか!」

「だとしたら……何か問題か?」

「逃がすわけがなかろうが! 我らはそこのリリス姫に用があるのだぞ! 人質にするつもりのリリス姫を連れているお前達を逃がすわけがなかろうが!」

クルーガーはそう叫ぶ。

「ジョブ・リターン《職業返却》」

俺はセルフ・レンド《自己貸与》していた『剣聖』の職業(ジョブ)を一旦、返却(リターン)する。

「セルフ・レンド《自己貸与》『錬金術師(アルケミスト)』」

今度は俺は『錬金術師(アルケミスト)』の職業(ジョブ)をセルフ・レンド《自己貸与》する。『錬金術師(アルケミスト)』は非戦闘用の職業(ジョブ)だ。どちらかというと、生産職のような職業(ジョブ)で、普通は戦闘中にセルフ・レンド《自己貸与》するようなものではない。だが、今、この状況では有効な職業(ジョブ)だと思えた。戦うのが目的なのではなく、逃げるのが目的なのだから。

俺は『錬金術師(アルケミスト)』のスキルである『錬金術』を行使する。これは簡単に言えば、『錬金術師(アルケミスト)』の職業(ジョブ)により、高速でアイテムを生成するスキルである。輝かしい光が放ち、俺の手には球のようなものが姿を現す。

俺は『閃光玉(せんこうだま)』を作成したのだ。

「待て！　小僧！　逃がさんぞ！　貴様！」

逃げる俺達をクルーガーが追いかけてくる。だが、いかにアダマンタイト製の鎧(アーマー)とはいえ、視界を断てるはずもなかった。相手を見ないで戦うことなどできるはずもない。

俺は『閃光玉』を地面に叩きつける。

眩(まばゆ)い光が放たれる。

「うっ！　くそっ！　小僧！　待て！」

強烈な光に視界を奪われたクルーガーはそう言って呻(うめ)いている。

だが、待てと言われて待つ奴などいまい。

「皆、こっちだ」

俺は皆を連れて、そそくさとその場から逃げ出した。こうして魔王軍四天王の一角、クルーガーとの初対決は終わりを迎えたのである。

「はぁ……はぁ……はぁ……はぁ」

俺達は密林地帯をひたすらに走った。

「はぁ……ここまで、来れば大丈夫だろう」

俺達はようやく一息吐いた。奴らは今頃、俺達を必死に探していることだろう。だが、密林地帯という地形が俺達の逃走の味方をする。

密林地帯は木々などの遮蔽物(しゃへいぶつ)が多く、一度見失うと平野と違い、再度見つけるのは困難を極めた。

「はぁ……はぁ……はぁ、こ、これでやっと走らなくて済むのね」

エミリアは息を切らしながらそう言った。

「で、でも、どうするのよトール。あいつ……トールの攻撃もろくに効かなかったじゃない」

「そうだな……」

「だったらどうすればいいのよ？　それじゃ、あいつを倒せないってことじゃない？」

「そうでもない……解決策は一つだけある」

「一つだけ？」

「俺達も伝説の金属であるアダマンタイト製の武器を装備するんだ。同じアダマンタイト製の装備だったら、奴の鎧（アーマー）を貫通させて、ダメージを与えることができるはずなんだ」

俺はそう説明した。

「だから、俺達がやるべきことは一つだ。さらに北にある氷雪地帯に行き、フロストドラゴンの牙を手に入れる。そして、伝説の鍛冶場（かじば）に行き、ドワーフ国に伝わる儀式を終わらせるんだ」

「それで、リリス姫にアダマンタイトの武器を作ってもらって、あのおっきい奴をやっつければいいってわけね」

「そうだ。そういうわけだ……そういうわけで、早速、さらに北にある氷雪地帯へ向かうぞ」

俺達は当初の予定通りにさらに北へと向かう。俺達は歩き出した。

「ま、待ってよ、トール……まだ私疲れているんだから、そんなに急いで行かないで」

遅れて、エミリアが俺達の後をついてくるのであった。

## 【魔王軍四天王クルーガーSIDE】

「クルーガー様……ざ、残念ですが、どうやら奴らを取り逃がしたようです……」

「なにぃ！　ふざけるなっ！」

クルーガーは報告しにきた魔族兵を睨みつけた。その殺気は凄まじく、今すぐにでも首を刎ね落とされそうな勢いであった。魔族兵は震えあがる。

「ひ、ひいっ！　こ、殺さないで！　殺さないでください！　クルーガー様！」

魔族兵は泣いて命乞いした。

「……ふんっ。愚かなドワーフ国よ。我とて、無駄な血を流すことは避けたかった。なぜならドワーフ国と戦争となれば、我々も何かと消耗する。魔族兵や兵糧も有限だからの……だから頭の働く我は、『平和的』にオーブを手に入れるべく、リリス姫を誘拐して、交渉材料にしようとしたというのに……」

『平和的』という言葉と、ドワーフ国の姫を誘拐しようとしたことが、普通に考えれば一致しないのだが、クルーガーの中ではあくまでも平和的な手段だと認識していた。実際のところ、相手のことなど何も考えずに、自分達が消耗することを嫌ったが故のただの自己都合的な手段でしかないが……。

「こうなったら仕方ない。皆の者。鬼城に戻って、戦の準備をするぞ！　ドワーフ国に攻め入る！　逆らえば奴らは根絶やしにしてやる！　そして、魔王様の魂が封印されしオーブを手に入れるぞ！」

　クルーガーは大斧を構え、そう高らかに宣言した。

「おお！　流石！　それでこそクルーガー様！」

「我々には誘拐だなんて回りくどいことは向いてないですぞ！　シンプルに攻め込んで、ねじ伏せて、奪い取ってやりましょう！」

　クルーガーの部下である魔族兵達も、上司であるクルーガーに影響されてか、血気盛んな連中だった。好戦的な者が多かったのである。難しいことは最初から嫌いなのだ。

「あのジョブ・レンダー《職業貸与者》、トールとかいう奴……次にあったらタダでは済まさぬぞ。次に会った日が貴様の命日だ」

　そして、クルーガーはトールに対する憎悪を滲ませていた。戦火の炎はドワーフ国へと、刻一刻と迫っているのである。

# 第二章　伝説の武器

クルーガーから逃げてきた俺達は歩き続け、ついには北にある氷雪地帯に辿り着いた。

ヒュー！　ヒュー！　ヒュー！　ヒュー！　ヒュー！　ヒュー！　ヒュー！　ヒュー！　ヒュー！　ヒュー！

氷雪地帯は極寒の風が吹いていた。密林地帯とは異なり、遮蔽物がろくにない為、余計に風が冷たかった。目の前には、ただただ氷の大地が広がっているのだ。

「ねー……トール。寒いわ」

エミリアが俺にそう話しかけてくる。

「そ、そうだな……寒いな」

「トール……私を温めて」

「どうやって？」

「そんなの決まってるじゃない。熱い抱擁でよ」

ガバッ。

エミリアが俺に抱き着いてくる。お前から抱き着いてきてどうする。

俺は身をかわし、避けた。

俺はエミリアを無視（スルー）した。

「ま、待ってよ！　無視しないでよ！　傷つくじゃない！」

「うるさいな……エミリア。今、俺達は遊んでいられるほど暇じゃないんだ。急いでるんだよ」

「……ぐすっ。もう、トールの意地悪」

エミリアは涙目になる。

「……さて。それじゃあ、フロストドラゴンを探しに歩くか」

こうして、俺達は氷雪地帯で標的（ターゲット）であるフロストドラゴンを探すことにしたのだ。

◇

捜索を始めて、しばらく経った時のことだった。

「……トール、来て来て」

「ん？　どうした？」

エミリアが俺に近寄ってきた。

「凄（すご）いもの見つけたの」

エミリアはそう言ってきた。

一体、なんだというのか。その様子だと、別に標的のフロストドラゴンが見つかったわけでもなさそうだった。

「……凄いものっていうのはなんだ？　全く、エミリア。遊んでいるんじゃないぞ。俺達はフロストドラゴンを探しているんだ」

「良いから、来て、来て」

「全く、仕方ないな」

俺達はエミリアに連れられ、どこかへ向かうのであった。

「どう？　トール、すごいでしょ！」

エミリアは胸を張って、ドヤ顔で言ってきた。

氷雪地帯にも拘わらず、湯気で目の前が見えないほどである。

そう、目の前には天然の温泉が湧いていたのである。

「温泉だな」

「そう、温泉よ。ねぇ、トール。せっかくだし、入っていきましょうよ」

エミリアは俺にそう言ってきた。思えば、ここに来るまでの過程で、ゆっくりと風呂に浸かっていられる時間などなかった。水がない所も多く、水浴びすらまともにできなかった。大抵の場合、水は飲み水として使われる。水浴びに使えるほど、水が余っているはずもなかった。

エミリアを除けば口にこそ出すことこそなかったが、そのことに女性達は特に不満を感じていたことであろう。特に、女性は不衛生であることを嫌う傾向がある。これは別にエルフやドワーフであることに拘わらず、そうであろう。

せっかく、目の前に天然の温泉が湧いているのだ。先を急いでいるのは確かではあるが、ここで入浴していかないのは些か勿体ないことだと言えよう。

「そうだな……入っていこうか」

俺の言葉にセフィリスもリリスも嬉しそうな表情になる。エミリアのようにストレートに言葉にすることはないが、本心では二人もエミリアと同じ気持ちだったのであろう。

「ほんと！　やった！　じゃあ、入ろう」

エミリアはそそくさと服を脱ごうとする。

「ま、待て！　俺が目の前にいるのに服を脱ぐな！」

俺はそう叫ぶ。俺の頬が熱くなるのを感じた。

「え？　なんで？　トールも一緒に入るんじゃないの？」

「入るか！　そんな、子供同士であるわけでもないし！　男女で！」

「えー？　前は一緒に入ったじゃないの」

「あれは別に、入りたくて入ったわけじゃなくて、お前達が勝手に入ってきただけであってだな……その……とにかく、俺は遠慮する。俺が入るのはお前達が入った後でいいからな」

俺はそそくさとその場から退散した。ちょうど良い所に、巨大な氷岩があったので、その氷岩の背に隠れることにした。

「もう……トールったら。恥ずかしがり屋さんなんだから。それじゃあ、二人とも。入ろっか」

エミリアに言われ、三人は温泉に浸かることにしたのであった。

## 【エミリアSIDE】

こうして、トールを除く私達三人は温泉に入ることになったのだ。

「……もう、トールったら……恥ずかしがらずに一緒に入ればいいのに……」

私は独り言のように呟いた。

「はぁ……極楽……極楽」

こんな場所で温泉に入れるとは思っていなかった。温泉は私の身体を隅々まで温めて、瞬く間に精神を癒していく。

「はぁ……気持ちいいです……とても」

リリス姫もまた、温泉で寛いでいた。その顔はとても幸せそうな顔だ。やはり温泉は種族とは無関係に最高なものなのである。

「ん？　……」

私は目を凝らした。

リリスの身体を生で見たからだ。

「な、なんですか？　エミリア様」

リリスは怪訝そうな眼差しを私に向けてくる。リリスはドワーフ族だ。ドワーフ族の外見的特徴として、身体が子供みたいに小さいというところにある。

だが、リリスの身体は子供みたいに小さいのだが、胸に関しては大人みたいに大きかったのだ。ロリ巨乳という奴であった。

見た目に随分とギャップがあった。服を着ていた時はよくわからなかったのだが、こうして裸になるとはっきりとわかってしまう。

こんなに小さな身体をしているのに、私より大きいのではないかと……。

「……リリス姫って、思ってたよりおっぱい大きいわね。子供みたいな小さな身体しているのに」

「エミリア様！　な、何を言うんですか！」

「いやー……なんだかギャップあるなって。いいなー、おっぱい大きくて」

「な、何を言っているんですか！　胸なんて大きくても良いことなんてありませんよ！　重くて肩は凝るし、男性からはいやらしい目で見られるし！　もう散々な思いをしてきたんですよ！」

リリスはそう、声を大きくして主張してきた。

「しくしく……」

セフィリスは一人、涙を流す。

「どうしたの？　セフィリス」

「それは持たざる者の気持ちを蔑ろにしています……。胸が大きいことで得ているものもあるはずです。私だって、大きく生まれてくれればと何度思ったことか……」

セフィリスは貧乳……とまではいかないが、スレンダーな身体付きをしている。彼女なりにその身体にコンプレックスを感じていたのであろう。

「ご、ごめんなさい……セフィリス様。わ、私、別にそんなつもりじゃ……」

リリス姫のおっぱいは大きいのは見てわかった。だが、揉み心地はどうなっているのか。私は気になったのだ。

「ドワーフ族のおっぱいって、柔らかいのかしら……気になるわ」

「え？」

「揉ませて！　リリス姫！」

「や、やめてください！　エミリア様！」

「いいじゃない！　いいじゃない！　女の子同士なんだからさっ！」

私はリリス姫の胸を後ろから揉みしだく。

もみもみもみもみもみもみもみもみもみ
「おおっ……これは！　なかなかのモノをお持ちで！　流石はリリス姫！」

私は感嘆の声を上げる。柔らかい、そしてそこにある確かな弾力。それは喩えるなら壊れないプリンのようで……その感触に夢中になってしまった私は、なかなか揉むことをやめられなかった。

「や、やめてっ！　くすぐったいです！　やっ！」

「エミリア様！　いい加減に！」

セフィリスに止められ、私はやっとのことでリリスの胸を揉むのをやめたのだ。

「いやー……良い揉み心地だったからつい、ごめんごめん」

「エミリア様！　ドワーフと人間は国交を結んでいるんですよ！　王族に無礼な真似はやめてください！　エミリア様が無礼な真似をしたせいで、ドワーフと人間の間に亀裂が生じたらどうするつもりなんですか！」

私はセフィリスにそう怒られた。私がリリスの胸を揉んだことが外交問題に発展するとか言っているのだ。

「ははは……大袈裟ねー。セフィリス。そんなことあるわけないじゃない」

「……確かにありえないことですが……ことが発展していけばどうなるかわかったものではありません」

「ごめんね……リリス姫」

「い、いえ……驚いただけで別に……怒ってなんかいませんよ」

「ほんと。じゃあ、リリス姫」

私は自分のおっぱいをリリス姫の前に晒け出す。

「お詫びに私のおっぱい揉んでいいよ！」

「べ、別にいいです。そんなこと……」

「どうして、ほらほら。遠慮なく揉んでいいって」

「女性同士でおっぱいを揉んだって、どうしようもありません。人間の方達には、そういう交流文化でもあるんですか!?」

「いやー……あるような、ないような……どっちでもないような」

種族による文化の違いっていうよりも、これは単に私が特殊な人間であることに起因しているような気がする。

――と、そんな私達が入浴を楽しんでいた時のことであった。突如、セフィリスが険しい顔つきになる。

「……エミリア様！　リリス様！　気を付けてください！」

「どうしたの？　セフィリス」

「遥か天空から、羽ばたく音が聞こえてきます」

「え？」

　周囲は吹雪いている為、羽ばたく音なんて私には聞こえないのだが。流石はセフィリスだった。トールから『弓聖』の職業を貸与されているからか、はたまた『エルフ』という種族の特性からなのか、私にはわからないことではあったが。ともかく、気を付けた方が良さそうだった。

　セフィリスの言う通り、しばらくすると私でもわかるくらいに、バサバサと羽ばたくような音が聞こえてくる。

　目の前に現れたのは巨大な青いドラゴンだった。間違いない、私達の標的であるフロストドラゴンである。

　実にタイミングが悪かった。私達が入浴中という無防備な状態の時に、フロストドラゴンの襲撃を受けるとは……。

「ガアアアアアアアアアアアアアアアアアアアアアアアアアアアアアアアアアア！」

　フロストドラゴンは私達を見やると、突如地響きがするほどの雄叫びを上げた。

こうして私達はフロストドラゴンと思わぬ遭遇を果たした。

「……全く、エミリアの奴め」

氷岩の裏に俺は潜んでいた。この場所からは、入浴中の姿こそ見えないものの、音は丸聞こえだ。もっと距離を取れば会話が聞こえなくなるが、そうするわけにもいかなかった。別に盗み聞きをしたいわけではない。何かあった場合に駆け付けることができないからだ。温泉が湧いているとはいえ、ここは危険なモンスターが生息している地帯だ。魔王軍のこともある。入浴中の彼女達が不意を衝かれて襲われる可能性だってありうるのだ。相手は非道な連中だ。寝込みを襲うなんて朝飯前だろう。

それにしても、入浴中の彼女達の会話を気にしないのは難しかった。どうやら、エミリアの奴がリリスの胸を揉んでいるようだった。会話から察するに。全く、あいつは何をやっているんだ……。仮にも彼女は人間の国の王女であり、リリスはドワーフ国の王女だ。セフィリスの言う通りだ。あまりに無礼な振る舞いは外交問題にまで発展しかねない。エミリアの振る舞いが人間とドワーフ族の間に軋轢を生んだらどうするというのだ。今すぐ首根っこをひっ摑まえて止めたいところではあるが、今はそれができる状況ではない。

全くあいつときたら……。

「はぁ……」

俺は深く溜息を吐かざるを得ない。

――と、彼女達が呑気に入浴を楽しんでいたその時のことであった。

バサッ！　バサッ！　バサッ！

天空から羽ばたくような音が聞こえてくるではないか。

「きゃああああああああああああああああああああああああああああああ！」

そして、エミリアの甲高い悲鳴が響く。

「……なんだ？」

間違いない。警戒していた緊急事態が起こったようであった。俺は氷岩から身を乗り出し、その場へと駆けていった。

◇

「ガアアアアアアアアアアアアアアアアアアアアアアアアアアアアアアアアア！」

突如として現れたフロストドラゴンが入浴中の無防備なエミリア達に対して、地響きがするような咆哮を放つ。

「きゃああああああああああああああああああああああああ！」

エミリアが悲鳴を上げた。

「大丈夫か！　三人とも！」

俺はフロストドラゴンの前に立つ。

フロストドラゴンは俺を敵として認識すると、攻撃態勢に移った。

「ブオオオオオオオオオオオオオオオオオオオオオオオ！」

一瞬で凍結してしまうような、極寒に息吹（ブレス）を放ってきたのだ。

「セルフ・レンド《自己貸与》『ロイヤルガード』」

俺は『ロイヤルガード』の職業（ジョブ）をセルフ・レンド《自己貸与》する。

『ロイヤルガード』は大きな盾とフルプレートの鎧（アーマー）を装備した、守りに特化した職業（ジョブ）だ。俺は『ロイヤルガード』の大きな盾を持って、フロストドラゴンの息吹（ブレス）を防いだ。

息吹（ブレス）を放ったフロストドラゴンは、続いて尾っぽ（テイル）による攻撃を放ってきた。

「キイイイイイイイイイイイイイイイイイイイイイン！」

甲高い音が響いた。物凄（ものすご）い衝撃が走る。だが、フロストドラゴンの尾っぽ（テイル）をもってしても、『ロイヤルガード』の大盾を粉砕（ふんさい）することはできなかったのだ。

「グウウウウウウウウウウウウウウウウウウウウウ！」

フロストドラゴンは唸（うな）り声を上げる。尾っぽ（テイル）による攻撃直後、フロストドラゴンに隙（すき）が生まれた。俺はその一瞬の隙を見逃さなかったのだ。

「ジョブ・リターン《職業返却》」

俺は『ロイヤルガード』の職業を返却し、元のジョブ・レンダー《職業貸与者》の姿になる。

「セルフ・レンド《自己貸与》『ドラゴンハンター』」

俺は久しぶりに『ドラゴンハンター』の職業をセルフ・レンド《自己貸与》する。『ドラゴンハンター』は戦士系の職業であり、特にドラゴンに対して特攻効果のある職業である。

俺は竜殺しの剣『ドラゴンスレイヤー』を構え、振り下ろした。

「はああああああああああああああああああああああああ！」

たとえ、鋼鉄のような皮膚を持つフロストドラゴンと言えども、『ドラゴンスレイヤー』の一撃は耐え切れなかったようだ。剣はその鋼鉄のような皮膚を斬り裂き、両断したのである。

「グオオオオオオオオオオオオオオオオオオオオオオオオオオオ！」

フロストドラゴンは断末魔の叫びを上げて果てる。

「ふぅ……なんとかなったか……」

俺は安堵の溜息を吐く。

こうして俺達はフロストドラゴンを倒し、目的である『フロストドラゴンの牙』を入手することができたのである。

「皆……無事か？」

俺はなんの気なしに振り返る。

「くっ……」

俺は気恥ずかしくなり、頰を赤らめる。そうだった。思い出した。彼女達が温泉で入浴中だったということに。当然、彼女達は衣類を何も身に着けてはいなかったのだ。

「……すまない。別にそういうつもりじゃなかったんだ」

俺は顔を背ける。

「もう……トールのえっち」

エミリアが顔を赤らめて、俺にそう言ってきた。わざとらしく、胸や秘処を手で隠す。

「だから、わざとじゃないんだって」

「冗談よ。どうせだったらトールも一緒に入ればいいのに……」

「いや、遠慮するよ。お前達と一緒に入浴だなんて、とてもくつろげそうにない」

入浴すると疲れが回復するものではあるが、彼女達と一緒に入浴したら、逆に疲労が溜まってしまいそうなものだった。

「そう……残念」

エミリアは本当に残念そうに、そう言うのであった。

こうして、フロストドラゴンを倒した後、俺は一人で温泉に入浴するのであった。

## 【魔王軍四天王クルーガーSIDE】

魔王軍四天王(してんのう)の一角であるクルーガーは、自身の根城に戻り、着々とドワーフ国侵攻の準備を進めていたのである。

クルーガーの前には武装した大群の魔族兵達がきっちりと整列をしていた。

「クルーガー様、魔族兵達の準備は整いました」

「……良い。実に良い。それではこれより、我が直接指揮を執(と)り、ドワーフ国への侵攻を開始するぞ！」

「はっ！」

クルーガーが魔族兵の大群に対して、発破(はっぱ)をかける。クルーガーの大声はマジックアイテムで拡声させる必要もなく、届き渡るほどのものであった。

「これより、我々、魔王軍はドワーフ国に進軍する！　目的はドワーフ国にあるとされる我らの主である魔王様の魂を封じたオーブにある」

クルーガーは続ける。

「脆弱(ぜいじゃく)なドワーフ達など、我々魔王軍の敵ではない。だが、恐らくは我々の邪魔立てをする人間達が現れるであろう。そいつらは侮(あなど)れない存在だ。その点だけは警戒して当たれ」

「クルーガー様、ひとつよろしいでしょうか？」

一人の魔族兵がクルーガーに質問をしてきた。

「なんだ？　発言を許可しようぞ」

「ドワーフ達が泣いて許しを乞い、オーブを差し出してきたらどうするんですか？　そのまま、奴らを見逃すんでしょうか？」

「ぐっふっふ。馬鹿なことは言うな。そんなこと、我々がするわけがなかろう。邪魔する奴は殺し、男のドワーフは労働力に。女のドワーフは犯した後、奴隷として売りさばくに決まっているだろうが。泣いて許しを乞うてきても、決して許してはおけない。なにせ、奴らは我々魔王軍に逆らうという大罪を犯したのだからな。罪人にはそれなりの罰を与えてやらねばならん」

「へへっ。了解しました。逆らう奴は皆殺し、利用できる奴は利用できるだけ利用するってことでいいんですね？　へへっ」

「そうだ。その通りだ。では行くぞ！　ドワーフ国まで進軍開始だ！」

「「おおおおおおおおおおおおおおおおおおおおおおおおおおおお！」」

魔族兵達の声が響き渡る。こうしてクルーガー率いる魔王軍が、ドワーフ国目掛けて進軍を始めたのだ。ドワーフ国とオーブを巡った決戦の日は近い。

◇

俺はリリスに神妙な表情で声を掛けられる。それは俺達が温泉で入浴を終え、一晩経った後のことであった。

鉱山で『アダマンタイト』を氷雪地帯で『フロストドラゴンの牙』を入手した俺達が次なる目的地である『伝説の鍛冶場』へと向かおうとしていた時のことであった。

「トール様……」

「ん？」

「どうしたんだ？　リリス姫」

「折り入って、お話があるのです……」

リリスはそう言って、顔を赤くする。

「……なんだ？　折り入って話って」

「昨日……トール様は私の裸を見られましたよね？」

「……それはー……その——」

俺は昨日の光景を思い出す。リリスの身体つきは特に印象に残っていた。背丈は子供のように小さいのに、その身体に不釣り合いなほどに、乳房は大人のように発達していたのだ。だが、こういう時になんと言えばいいのか……。嘘でも、見ていないとか。覚えていないとかでも言った方が、彼女の為になるのだろうか……。

「……えーと、それはだな……その」

「トール様、正直におっしゃってください」

リリスは俺の胸中を察したのか、強い眼差しで訴えかけてくる。彼女に嘘を言っても見抜かれそうな気がした。俺は正直に、彼女の裸を見てしまったと伝えることにしたのだ。

「あの……ごめん、リリス姫。正直に言えば見てしまいました」

「そうですか……やはり……そうなのですね、そういうことですか……」

「……ごめん。別にいやらしい目的でわざと見たわけじゃ……ただ不可抗力で目に入ってしまったというだけで……その……」

やはり種族は異なれど、男に素肌を見られるというのは彼女にとっては許せないことだったのだろう。

「そんなに謝らなくて結構です。全ては過ぎたこと。起こってしまったことは変えられませんし」

「……だからごめん。申し訳なかった」

済んだことに対して、謝ることくらいしかできなかった。流石の俺でも、いや、できなくもないか。『時魔導士』の職業をセルフ・レンド《自己貸与》して、時空を遡れば……。しかし、過去に遡ることは『時魔導士』が使える魔法の中でも危険な行いであり、禁忌指定されている。それこそ、ちょっとしたことでも今の時代の歴史が大きく変革しかねないことなのだ。たかが……と言ってしまうと申し訳ないが、婦女子が入浴を見られたくらいのことで使っていいものではないのだ。

「トール様、私は謝罪を求めているわけではないのです」

「だったら、リリス姫。俺に何を求めているんだ？」

「それはその……あの……」

突如、リリスは顔を赤らめて、言葉を濁らせる。しかし、彼女は決意をしたように、目を大きく見開いたのであった。そして、俺にこう言ってきたのであった。

「私を貰ってくださいませんか？」

上目遣いでそう聞いてきたのだ。

「な!?」

驚いた俺は思わず目を丸くしてしまう。

「な、なんでそうなるのよ!?」

今まで黙って聞いていたエミリアも、流石に黙っていられなくなったようだ。ついには我慢できなくなり、口を挟んでくる。

「そ、それはその……我々ドワーフの王族に伝わる仕来りがあるのです。ドワーフの王族は親類を除く異性に肌を見せることを許してはならない……と。もし、肌を見られた場合、その者を配偶者とし、一生を添い遂げる……と」

「は、はぁ……、そうか、そうなのか」

なんていうか、堅そうな王族にありそうな仕来りである。

「だけど……俺はドワーフじゃない。人間だ」

愛に種族は関係ないかもしれないが、現実問題、種族の問題というのは大きいだろう。異種族との婚姻は何かとハードルが多い。相手が王族だったのならば尚更である。

「人間とドワーフが……ましてや王族が、そういう関係になるのは……色々と問題があるはずだ」

「それもそうですね……ですが、ドワーフの王族にとっては掟は絶対です。掟に比べれば、種族の違いなど大した問題ではありません」

リリスはそう、強く言い切る。

「はぁ……」

俺は溜息を吐いた。頭を悩ませる。どうしたら良いものか。

「ダメよ！　リリス姫！　トールは私と結婚するんだから！」

エミリアは、そう強く主張してきた。

「ダメです！　トール様は私と結婚するんです！」

セフィリスも、そう強く主張してきた。

ダメだ。事態は余計にこんがらがっていく。とても収束しそうにない。

「だったらこうしましょう」

リリスは笑顔で提案してきた。

「ドワーフの掟に、重婚に対する規定は含まれてません」

「っていうことはどういうこと？」

エミリアは聞いてきた。

「私がトール様と婚姻関係になると、エミリア様とセフィリス様が婚姻関係になれないという決まりはないのです。ですから、三人でトール様と結婚すればいいのです！」

リリスはそう言い切る。

「なんだー。そういうことか」

「ほっ。そういうことですか」

エミリアとセフィリスは安堵（あんど）の溜息を吐く。

「これで万事解決ね」

「ええ……そうですね」

収束がつかないと思った事態が、思った以上にあっさりと収まった。

「ま……まぁ……この話題は置いておいてだな」

確かに重要な話かもしれないが……ドワーフ族と魔王軍の抗争の問題を片付ける方が最優先である。全てはそれが片付いてからの話であった。

「儀式の最後に向かおう……。今はその話をしている場合じゃない」

俺達は改めて、ここより東にあるとされる『伝説の鍛冶場』へと向かったのである。

氷雪地帯よりずっと東へと向かった所に『伝説の鍛冶場』はあった。『伝説の鍛冶場』は薄暗い場所にあった。『魔界』に近い場所にあるのが理由なようだ。ここら辺は魔素が濃いのである。

「暗いわね……『ホーリーライト』」

エミリアは『ホーリーライト』。光属性の魔法で、攻撃力はゼロだが、照明程度の役割を果たす『聖女』が使える補助魔法だ。

『ホーリーライト』の光により、周囲は明るく照らされる。視界の不自由はなくなったのだ。

「……ここが最後の目的地である『伝説の鍛冶場』か」

そこには厳かな雰囲気の鍛冶場があった。この場所でなければ、伝説の金属である『アダマンタイト』を打って、武具にすることはできないらしい。素材を手に入れ、『アダマンタイト』を加工し、武具を作る。それらの過程を修了することで、ドワーフの王族は成人として認められる、らしい。

「はい。その通りです。長かった旅ですが、なんとか、無事に終わりそうです」

俺達はこのまま、何事もなく、儀式が終わるものだと思っていた。しかし、そうはいかないようだ。

『キケケケケケケケケケケケケケケケケケケケケケケケケケケケケケケケケケケケケケケケケ!』

不気味な声が『伝説の鍛冶場』に響き渡る。

「誰だ?」

どうやら、魔界に近い所にある為、余計な奴が住み着いていたようである。

「きゃっ!」

エミリアは突如として現れた怪物(モンスター)に驚き、短い悲鳴を上げた。

俺達の目の前には禍々(まがまが)しい、巨大な悪魔が現れたのだ。

悪魔の中でもより上位の悪魔とされている、『アークデーモン』が姿を現したのである。

『愚かな人間達よ! 我が根城に足を踏み入れるとは、見上げた根性だ。このまま立ち去るというのであれば、貴様達の命だけは見逃してやろう。クックック! クアッハッハッハッハッハ!』

アークデーモンの哄笑が『伝説の鍛冶場』に響き渡る。どうやら、長い年月使われていなかった為、いつの間にかこの場所は『アークデーモン』が住み着いてしまったようだ。

やはり、何事もなく、簡単にことを済まさせてはくれないようである。

「はぁ……仕方ない」

俺は軽く溜息を吐いた。

「さっさとこいつを倒すぞ」

俺は皆にそう告げた。

『言うではないか小僧……だが過信すると命を落とすハメになるぞ。グッフッフ！　ハアアアアアアアアアアアアアアアアアアアアアアアアアアアアア！』

アークデーモンは暗黒の魔法を放ってくる。

『【ダーク・ウェイブ】』

暗黒の波が俺達に襲い掛かってきた。

「エミリア！」

「わかったわ！　トール！　『ホーリーウォール』！」

エミリアは聖女の魔法の一つである『ホーリーウォール』を発動させた。聖なる光の壁が俺達を包み込み、盾となってアークデーモンの【ダーク・ウェイブ】を防いだ。

『くっ！　小賢しい真似をしおって、人間めっ！』

「セフィリス、頼んだ」

「はい！　トール様！」

セフィリスは矢を放つ。

「『ホーリー・アロー』！」

悪魔などの魔族は基本的に闇属性だ。それに対して、セフィリスは特攻効果のある聖属性の矢（ホーリー・アロー）を放つ。

『ちっ！　生意気な人間どもめっ！　我らの弱点である聖属性の攻撃をしてくるとはっ！　この痛み、倍にして返してやるぞ！　ウオオオオオオオオオオオ！』

アークデーモンはそう叫んだ。やはり、聖属性の攻撃は効き目も抜群（ばつぐん）のようであった。

「お願い！　トール！　あいつにトドメを刺して！」

エミリアは俺にそう頼んでくる。

「わかっている……エミリア」

「セルフ・レンド《自己貸与》『悪魔祓い【エクソシスト】』」

俺は『悪魔祓い【エクソシスト】』の職業（ジョブ）をセルフ・レンド《自己貸与》する。『悪魔祓い【エクソシスト】』は悪魔に特化した職業（ジョブ）だ。物理的な攻撃力は殆（ほとん）どなく、『魔法使い』や『神官（プリースト）』などに近しい職業（ジョブ）である。俺は『悪魔祓い【エクソシスト】』だけが使える、専用の魔法を放つ。対悪魔に特攻効果のある魔法だ。

「『悪魔祓い【エクソシズム】』」

　聖なる光がアークデーモンを滅するべく、襲い掛かる。

『な、なに！　こ、この光は！　わ、我が人間如きに！　ク、クソオオオオオオオオオオオオオオ！　グオオオオオオオオオオオオオオオオオオオオオオオオオオオオオオオオオオオオオオオオオオオオオオオオオオオオ！』

『伝説の鍛冶場』に巣くっていた『アークデーモン』は断末魔の叫びを上げて果てた。

「ふう…終わったか」

厄介者だった『アークデーモン』は討伐できたようだ。俺達はほっと安堵の溜息を吐く。これで障害は排除された。伝説の武具を作る上で必要な『アダマンタイト』及び『フロストドラゴンの牙』を俺達は用意した。そしてその上で『伝説の鍛冶場』に来たのだ。もはや、俺達にできることなどなかった。後はリリスがなんとかしてくれるはずだ。俺達にできることは彼女を見守ることだけだった。

　厳かな雰囲気の元、ドワーフ国の王族の儀式は最終局面を迎えようとしている。

「それではこれよりドワーフ国に伝わる儀式を行います」

　リリスはそう言った。ドワーフ族は基本的に『鍛冶師』の天職を授かっている。その為、こういった武具の加工に長けているのだ。恐らくはリリスの天職も『鍛冶師』なのだろう。だが、そういった生産職の天職に就いている者が多い為、ドワーフ国の国家としての軍事力はそれほど高くはないのだ。勿論、それには背丈が総じて低く、フィジカル面で劣っているということもあるが、戦闘用の天職に就いている者が多くないというのも理由の一つとしてあげられる。

リリスはまずは『フロストドラゴンの牙』を加工し、ハンマーを作る。『アダマンタイト』は特殊な金属である為、加工する為にはこの『フロストドラゴンの牙』が必要なのだ。

リリスはでき上がったハンマーを構える。

「行きます」

――だが、ここで想定外の出来事が起こるのであった。リリスはハンマーで『アダマンタイト』を打った。

キィン！

しかし、高質な『アダマンタイト』は『フロストドラゴンの牙』で作られたハンマーですら、弾いてしまったのだ。これでは『アダマンタイト』の形状を変え、武具とすることはできないだろう。

「どうして！　条件は満たしたはずなのに……どうしてできないのです」

リリスは嘆いた。条件は満たした……果たしてそれは本当だろうか。もしかしたら何か条件を満たしていないと思った俺は『鑑定士』の職業で『アダマンタイト』を鑑定してみることにしたのだ。

「セルフ・レンド《自己貸与》『鑑定士』」

俺は『鑑定士』の職業をセルフ・レンド《自己貸与》する。

俺は『アダマンタイト』を手に取った。

「『鑑定』スキル発動」

俺は鑑定士の『鑑定』スキルで『アダマンタイト』を鑑定した。

【アダマンタイト】

『非常に硬質な金属で伝説級の武具の素材として使用される。加工する為の条件としては以下の三つの条件を満たす必要がある。

一．『フロストドラゴンの牙』を加工に用いること。

二．『伝説の鍛冶場』で加工すること。

三．打ち手の職業が『神級鍛冶師』であること。

俺は『アダマンタイト』の鑑定を終えた。

そのうちの一つ、三番目の条件に俺はひっかかりのようなものを覚えた。

『神級鍛冶師』。鍛冶師の職業にも上位職のようなものが存在する。それが『神級鍛冶師』だ。

『鍛冶師』の中でも限られた者しか就くことができない、限られた『鍛冶師』。基本的な役割は『鍛冶師』と変わらないが、より上位の武具。ましてや伝説級の武具を作る上では必要になってくる職業だ。

恐らく……いや、間違いなく、リリスが就いている職業は普通の『鍛冶師』であるはずだ。

一、二の条件は満たしているが、三の条件を欠いていた。だから、リリスは『アダマンタイト』を加工するのに失敗したのだ。

「リリス姫……念の為に確認するが、リリス姫が就いている『天職』は普通の『鍛冶師』でいいんだよな？」

俺はリリスにそう聞いた。

「ええ……恐らくそうですが」

「俺が『鑑定士』の『鑑定』スキルで鑑定した結果なんだが……。『アダマンタイト』の加工には、どうやら、『伝説の鍛冶場』で『フロストドラゴンの牙』を加工するだけでは不十分らしい」

「……え？　そうなんですか!?」

リリスは驚いたように目を丸くする。

「そうなんだ。この『アダマンタイト』を加工するには、もう一つの条件がある。その条件を満たすには普通の『鍛冶師』じゃダメなんだ。『鍛冶師』の上位職である『神級鍛冶師』であることが条件なんだ」

「『鍛冶師』の上位職……だったら、もう私ではどうしようもない、ということではないでしょうか？」

「いや、そんなことはない」

俺は強く言い切る。

「普通だったら無理だ。だが、俺のジョブ・レンダー《職業貸与者》としての能力を使えば、決して不可能ではない。俺の能力は最大四人にまで、どんな職業でも貸与することができる。そしてその枠は今、一つ余っているんだ」

「……まぁ……では」

暗かったリリスの表情が一転して、明るいものになる。

「……そうだ。俺のジョブ・レンダー《職業貸与者》の能力で、リリス姫に『神級鍛冶師』の職業を貸与するんだ。そうすれば問題なく『アダマンタイト』を加工できるはずだ」

「トール様さえよろしければ、どうか私に『神級鍛冶師』の職業を貸してください」

リリスは俺にそう頼んでくる。頼まれなくても俺はそうするつもりだ。さっさとしなければならない。クルーガー率いる魔王軍はドワーフ国へと侵攻を始めているはずだ。いつ、戦火の炎がドワーフ国を脅かすかわからない。恐らく、あまり時間は残されていないだろう。既にドワーフ国と魔王軍は矛を交えている最中かもしれない。ゆっくりとしている時間は俺達にはないのだ。

「わかっている。リリス姫。あなたに貸そう。俺のジョブ・レンダー《職業貸与者》の能力で」

「はい……よろしくお願いします。トール様」

リリスはそう言って、目を閉じた。

俺はリリスに手を翳し、ジョブ・レンダー《職業貸与者》の能力を発動させる。

「ジョブ・レンド《職業貸与》『神級鍛冶師』」

俺の手から不思議な力が放たれ、リリスを優しく包み込んでいった。

「これは……私の身体から力が溢れてきます」

リリスの見た目は特別変化していないが、不思議な力が漲って、あふれ出してきているかのようだった。俺のジョブ・レンド《職業貸与》の効果は問題なく発揮されたようだ。リリスに『神級鍛冶師』の職業は間違いなく貸与されたのである。

「よし……成功だ。リリス姫。さっきやってダメだった工程をもう一度やってみてくれ。恐らくはこれで『アダマンタイト』を加工する上での問題は解決されたはずだ」

「はい！　やってみます！　トール様」

リリスはそう答え、再び『アダマンタイト』を加工する作業を始めたのである。『神級鍛冶師』の職業に就いたリリスは『アダマンタイト』の加工作業を速やかに終わらせていった。

キンコンカンコン！　キンコンカンコン！　キンコンカンコン！

金属とハンマーがぶつかり合う、けたたましい音がその場に響き渡った。しばらくその音が響き続け、そして終わりを迎える。

「で、できました！」

リリスはそう言った。リリスの目の前に作られたのは三つの武器だ。

剣が一つ。

ロッドが一つ。

弓が一つ。

どの武器もが、不思議な力を放っていたのである。流石は伝説の金属と言われる『アダマンタイト』により作られた武器である。

輝かしい輝きを放つ、これら三つの武器は伝説級のものと言っても過言ではない。

こうして『アダマンタイト』製の武器を作り上げたリリスは、ドワーフの王族に伝わる儀式を終えたといって良いのだろう。

「これは皆さんが持っていてください」

俺達はリリスから、『アダマンタイト』製の武器を渡される。

俺が剣を。

エミリアがロッドを。

セフィリスが弓を。

「……良いのか？　……こんな貴重な物を。俺達が預かって」

「良いのです。私には予感がするのです。この武器は皆様達に使われる為に生まれてきたのだということに……。そして、これから起こるであろう、魔王軍との戦いに必要になってくるはずなのです」

リリスはそう、強く言い切る。

確かにそうだ。あのクルーガーの鎧、大斧もそうだが。伝説とも言われる金属『アダマンタイト』でできている。俺達はクルーガーに有効なダメージを与えることができず、逃げ出す以外にできることはなかったのだ。だが、この『アダマンタイト』製の武器があれば話は別だった。奴の装備と同じ、『アダマンタイト』製の武器ならば、有効にダメージを与えることも可能だ。

「ありがとう……リリス姫。ありがたく、使わせてもらうよ」

こうして、俺達はリリスから『アダマンタイト』製の武器を貰ったのである。

「……さて。これで用件は済んだな。ドワーフ族の王族に伝わる儀式はこれで終わりだ」

俺は皆に向けてそう言った。

「帰ろう。ドワーフ国まで」

「はい……トール様」

そう、リリスは答えた。

リリスに課された儀式は終わった。

だが、魔王軍四天王の一角であるクルーガー率いる軍団との激しい戦いは、これから始まるのであった。

こうして、ドワーフ国の王族に伝わる儀式を終えた俺達は、休んでいる暇もなく、ドワーフ国へと急いで帰っていくのであった。

「……見えました。あれがドワーフ国です」

リリスがそう言って指を差した。

巨大な洞穴（ほらあな）が見えた。幸い、まだ無事なようだ。火の気が上がっていたりはしない。

良かった。俺はほっと胸を撫（な）で下ろす。

最悪、既にドワーフ国が魔王軍に攻め込まれている可能性もあったのだ。いや、もっと最悪、ドワーフ国が滅ぼされていたかもしれない。遠目でしか見えていないが、その可能性は低いように思われた。

「良かった……どうやらまだ無事みたいだな」

俺は安堵（あんど）の溜息を吐く。

「ともかく、先を急ごう」

俺達はドワーフ国へと急いで戻っていくのであった。

◇

「おおっ！　トール殿！　エミリア殿！　セフィリス殿！　我が愛しの娘であるリリス！　皆の者、無事に儀式を終え、帰ってきたようだの。うんうん。これは良かった。実に良かったぞ」

　ドワーフ国の王城に戻ると、ドワーフ王が俺達を出迎えたのであった。

「おお……それがリリスが作った伝説の金属『アダマンタイト』で作った武具か……よくやったぞ。リリス」

　ドワーフ王は久しぶりに再会したリリスの頭を撫でる。

「や、やめてください……お父様。皆様が見ていますわ」

　そう言って、リリスは顔を赤らめる。流石に俺達に見られるのは恥ずかしいようであった。

「……おおっ。そうだったの……そうだったの……今は皆の者が見ているからの」

　ドワーフ王はリリスの頭を撫でるのをやめた。

「こほん！」

　ドワーフ王はわざとらしく咳払いをした。だが、先ほどの振る舞いから威厳を取り戻そうといっても無理な話ではあった。

「改めて礼を言おう。トール殿。エミリア殿。セフィリス殿。君達のおかげで我が娘――リリスの儀式を無事に終えることができた」

ドワーフ王はそう言っていた。だが、その儀式が終わったから安穏としていられるかというと、そうではない。魔王軍四天王の一角クルーガー率いる魔王軍との抗争はこれから激しくなっていくことが容易に予想できた。

「しかし、魔王軍が我々ドワーフ国に攻め込んでくるのは時間の問題だ。情けない話ではあるが我々ドワーフの民はそれほど戦が得意ではないのだ。屈強な魔王軍と戦えば、苦戦を強いられるのは間違いない。故にトール殿、我々はまだまだ、君達の力を必要としているのだ」

「わかっています、ドワーフ王。俺達もここで降りるつもりは毛頭ない。俺達は魔王軍を放っておくことなんてできないんです」

「そうか！　引き続き我々の力になってくれるか！　トール殿！　実に心強いぞ！　我々が魔王軍との戦いに勝利した暁には、そなたの望むだけの報酬は用意しようぞ！」

国王はそう言った。

「いえ、俺達は別に報酬が欲しくて戦っているわけでは……」

「いや、そういうわけにもいくまい。何より、それでは我々の気が収まらないのだよ。トール殿」

相手の都合もあるのだろう。ドワーフ国としての体裁もある。報酬を貰わないことが却って相手の負担となることもある。

「いいじゃないの！　トール！　貰えるものは貰えるだけ貰っておけば！　お金はあって困るものじゃないじゃない！」

エミリアは目を輝かせて俺にそう言った。報酬といってもお金が貰えると決まったわけではないが……。まあ、もっともわかりやすい報酬の形ではあるだろう、金銭というのは……。エミリアにとっては金銭的な充実というのは自信の空腹を満たすことに直結している。彼女にとっては不自由のない食生活を得る為に必要不可欠なものなのだ。

「確かに……俺達のパーティーには大飯喰らいが一人いるが……」

「え？　誰それ？　そんな人いる？」

エミリアは真顔で答えた。

「自覚症状がないのか！　お前は！　エミリア！　お前だよ！　お前！　お前以外に大飯喰らいなんていいるか！」

思わず俺はそう叫んだ。

「いやだなー……トール。普通よ。私は普通に食べているだけよ」

エミリアは平然と言い放った。

お前の食事量が普通だったとしたら、食物の生産量が間に合わずにそこら中で飢饉が発生しかねない。まあいい、こいつにとっては『普通』であって、俺達にとっては『異常』。それだけのことなのだろう。

「トール殿。エミリア殿。セフィリス殿。いつ魔王軍との抗争が始まるかはわからない……。長旅で疲れたことであろう。それまで城で英気を養ってくれ。早速食事も用意しよう」

「わーい！　御飯だ！　御飯！」

エミリアは子供のように無邪気にはしゃいで喜んでいた。

全く、能天気な奴だ。これから魔王軍との戦いが始まるというのに。ある意味、エミリアの能天気さが羨ましい部分はあった。

こうして、俺達とリリス、そしてドワーフ王とで食事を摂ることになったのだが、その際に思ってもいなかったトラブルが発生してしまうのである。そのトラブルはリリスの一言から起こるのであった。

旅から帰ってきて、俺達は久しぶりにまともな食事にありつけた。目の前の食卓には豪勢な食事が並んでいる。

「わーー！　いただきまーす！」

エミリアは目を輝かせ、食事に食らいついた。

俺達もまた、食事に手を付け始める。やはり椅子に座って落ち着いて食事をするのは安心できて良かった。モンスターを警戒する必要はないのだ。勿論、魔王軍がいつ攻め込んでくるかもわからない現状では、呑気に食事を楽しむのは難しいことかもしれないが……。

俺達が食事をしている最中の出来事であった。

「ドワーフ王……いえ、お父様」

神妙な表情でリリスが口を開く。

「ん？　なんじゃ？　リリスよ」

「お父様にお願いがあるのです」

「お願い……とは、一体なんじゃ？　リリスよ」

ドワーフ王はリリスにそう聞いた。

「ここにいるトール様と私の婚姻を認めていただきたいのです」

「ブウウウウウウウウウウウウウウウウウウウウウウウウウウウウウウ！」

俺は食べていたスープを思い切り噴き出してしまう。

「や、やだ。トール……汚い」

エミリアは、俺にそう言ってきた。

「すまない……エミリア」

俺に構わずドワーフ王とリリスは会話を続ける。

「ど、どういうことだ!?　リリスよ！　トール殿は確かに我々の恩人ではある。だが、なぜそういきなり、婚姻だとかいう話になるのだ？」

ドワーフ王はリリスの突拍子もない発言に、当然のように困惑した。

「……そ、それは……」

リリスは頬を赤らめた。

「トール様に、儀式を行っている途中、素肌を見られたからです。ドワーフの王族は素肌を見られた異性と婚姻をしなければならない掟があります。その掟に従い、私はトール様と婚姻しなければならないのです」

リリスは、そう告げた。

「う、うむ……そんなことがあったのか……。だが、その掟はあくまでもドワーフ族に限っての話のはずじゃ……。相手が人間の場合のことなど考えてはおらんはず」

「で、では……この場合、どうすれば良いのです？」

「……うむ……トール殿。君の目を見ればわかるぞ？」

「は？」

ドワーフ王は何かを確信した目で、俺に語り掛けてくる。

「自慢ではないが、我が娘リリスは美しい。君としてはリリスを伴侶として迎えたいはずだ……だが、種族の違いから躊躇っている……そうだな？」

的外れなような、それでいてある程度当たっているようなことをドワーフ王は言ってくる。疑問形で聞いてきてはいるが、自分の中では確信があってそれを疑っていないようだった。俺の答えなど求めてはいないようであった。

「そなたが魔王軍の魔の手からドワーフ国を救った暁には正式に二人を夫婦として認めようではないか」

なんだその話は……。まず、俺がリリスとそういう関係になりたいと思っている、という前提が間違っているのだが……ここで否定するのも面倒だった。多分、ドワーフ王は俺が否定したとしても「いや、それはトール殿の本心からくる言葉ではない。わかっているぞ！　わかっている！　うんうん！」と言ってくるはずだ。ドワーフ王の中で固定観念のようなものができていて、それ以外の可能性は微塵も考えていない様子だ。

「え、ええ……そうですね。そうです。その通りです」

俺は適当に相槌を打った。なぜなら面倒だったからだ。ドワーフ国を魔王軍の危機の手から救い出し、そして頃合いを見て適当に逃げ出せばいい。俺はそう思ったのだ。

「おお！　そうか！　そうか！　二人の想いは同じだと思っていたぞ。魔王軍の魔の手を払いのけ、再びドワーフ国に平和が訪れた暁には、晴れて二人の関係を認めようではないか。そしてトール殿をドワーフ国の次期国王として出迎えようぞ！」

「ははは……ははは……」

俺は苦笑いをしていた。ともかく、魔王軍とドワーフ国の争いが終わったら有耶無耶にして逃げだすだけだ。それでいいだろう。それで。俺はそう思っていた。

リリスの婚姻云々のくだりこそあったが、その日の晩の食事会は何事もなく終わった。

そして、就寝の時間になるのであった。俺達は空き部屋を一つずつあてがわれている。だが、この就寝時間にもまた予想もしていなかったトラブルは起きるのであった。

「はぁ……」

ゴロンとベッドで横になった俺は、深く溜息を吐いた。

夜の食事会の時、リリスが切り出した婚姻云々の話でそれなりに疲れたのだ。

大体、リリスもそれでいいものなのか。ただ裸を見られたくらいのこと（いや、それは彼女にとっては大きな問題なのかもしれないが）で、俺と婚姻を結ぶなど。それで本人が良いのだろうか。勿論、王族というのはそういうものではないのかもしれない。庶民とは異なり、責任があり、個人の感情などより責任や政治的都合で婚姻関係にさせられるのは世の常である。だったら猶更のことであろう。個人的な感情を抜きにしても、人間である俺ではドワーフ国の王族を務めるには何かと問題が多い。ドワーフ国民も人間が新たな王であることに対して、抵抗を覚える者も少なくないだろう。不満を覚えるドワーフは多く生まれるはずだ。それほどに種族の壁というのは大きい。差別は良くないかもしれないが、それでも決してなくなるものでもない。

ガチャリ。

俺がなかなか寝付けず、ベッドで考え事をしていた時、突如、ドアが開いた。

「誰だ？　エミリアか？」

俺は最初、エミリアが来たのかと思った。だが、違った。そこにいたのはリリスだったのだ。

「リリス姫か……どうしたんだ？　こんな夜遅くに……」

「トール様……私、不安で眠れないのです」

「……眠れない？」

「ええ……魔王軍との戦いがもうすぐ始まるのでしょう？」

「……まあ……そうなるだろうな」

俺はそう言った。

魔王軍が諦めるはずもないだろう。奴らは魔王の魂が封じられたオーブを必要としている。そしてそのオーブの内の一つはドワーフ国にあるらしいのだ。故にドワーフ国の王女であるリリスが魔王軍に狙われたのだ。だが、当然のようにドワーフ国はおいそれとオーブを渡すわけにはいかない。魔王軍も決して引くことはないだろう。その結果どうなるのか、言うまでもないことであろう。利害が対立する両者はもはやぶつかりあう以外にないのだ。ドワーフ国と魔王軍の間に戦争が起きるのは必然の出来事である。

「私は不安なのです。不安で夜も良く眠れないのです」

不安げな表情でリリスはそう呟く。

「……それで、不安で眠れないのはわかるけど、どうして俺の所に来たんだ？」

「それは……トール様が添い寝をしてくれるなら、安心して眠れるかと……」

上目遣いで聞いてくる。リリスの背丈は小さい。まるで少女のように。まるで妹が兄である俺に甘えてきているような印象を受ける。……まぁ、俺に妹はいないのであくまでも想像でしかないのだが……。彼女が夜訪れてきても、性的な意味合いよりも純粋に可愛らしいという意味でしか捉えられない自分がいるのに気づく。

「……リリス姫。夜に女が男の部屋を訪れることの意味を知っているのか？　……あるいは人間とドワーフとではそもそも文化が違うっていうのか？」

種族による文化の違いはあるのだろう。ドワーフにとっては他愛のないことなのかもしれない、夜に男の部屋を訪れることの意味など。そこに深い意味がない可能性もありえた。

「いえ……そこら辺の文化が人間とドワーフで特別変わることはないと思います」

リリスは俺にそう告げてきた。

「そうか……だったら俺が君に何もしてこないという人畜無害な人間だとでも思ったのか？

……あるいは何かされても良いという覚悟があって来たのか」

「それは勿論……その覚悟はあります」

リリスは強い口調でそう告げてきた。

「はぁ……」

俺は軽く溜息を吐く。

「大体良いのか、君は。王族として生まれてきたのだから致し方ないことなのかもしれないが……。掟だからといって、好きでもなんでもない男と婚姻関係になるなんて……。そんなのは君は本当は嫌なはずだ？」

「嫌ではないです！」

リリスは、叫ぶような強い口調でそう言った。

「私がトール様とそういう関係になるのは、決して嫌ではないです！　決して！　ドワーフ国の掟だからということでは、決してありません！」

「……そうか。だったら良いのだが」

俺が彼女に好かれるような要素があっただろうか……。甚だ疑問であった。単に命を救われたから好きになったとか、そういうことだろうか。生まれたばかりの雛が最初に見た存在を親だと認識するように。恐らくはそういう事象なのだろう。まあ、人が人を好きになるのに深い理由はいらないだろう。大抵の場合、好きになる、ならないなんていうのは感情的で感覚的な問題だ。「なんとなく」で本人にもよくわからないことも多々ありえた。

何かと問題も多い。ドワーフ国の王女であるリリスを自室に招くなど……。あらぬ噂が広まりかねない。だが、それと同時に不安に苦しむ彼女を追い返すのも酷な話であるように思えた。

「早く入ってくれ、リリス姫。誰かに見られるとあまり良くない」

仕方なく俺はリリスを自室に招き入れる。

「は、はい！　わ、わかりました！」

こうしてリリスが俺の部屋に入ってきたのである。

「何か飲むか？」

俺は聞いた。用意された個室では数種類の飲み物を飲むことができた。深夜なのでカフェインの入ったコーヒーは良くないだろうが、覚醒作用のないハーブティーなどなら飲んでも問題はないだろう。

「い、いえ！　お気遣いなく！　私の方からなんの断りもなく突然訪れたものですから」

リリスはそう言ってきた。

「……そうか。だったらリリス姫は俺に何をしてほしいんだ？」

「まず、そのリリス『姫』っていうのやめてください。呼び捨てにしていいです。その方が特別な関係っぽくて良いです」

「……そうか。わかった。だったらリリス……俺に何をしてほしいんだ？」

「ベッドに寝てください……それで、腕枕をしてください」

俺はリリスの言われるままにベッドに横になり、腕を横に伸ばした。

リリスはまるで俺の子供のように、あるいは妹のように、俺の腕に頭を付けた。

「……温かい。そして、逞しい腕」

リリスは俺の腕をさすり、そう言っていた。

「……昔のこと、お父様と一緒に寝ていた時のことを思い出します」

「……そうか」

「トール様と一緒にいると、不安な気持ちがどこかへ吹き飛んでいきそうです」

「……だったら良かったよ、リリス」

「これだったら、私、落ち着いて眠ることができそうです」

リリスは、まどろんだ目でそう言ってきた。

「——ところで」

俺はドアの方に向けて言い放つ。

「そこで何をしているんだ？　エミリア、セフィリス」

ギクッ！

ドアの隙間からおずおずと二人が姿を現す。

「全く……覗き見なんて趣味が悪いぞ」

俺は溜息を吐いて、そう言った。

「い、嫌ねー。トール。の、覗き見なんてしてないわよ……ただ——」

エミリアは苦笑いしつつ、そう言ってきた。

「私達はリリス姫がトールの部屋に行くのが見えたから、何しに行くつもりなんだろう？　って気になって、ドアの隙間から見守っていただけよ」

「それを覗いていたって言うんだよ……」

「私達、心配していたのよ。二人っきりになったことを良いことに、トールがリリス姫に欲望のままに襲いかからないかって……」

「心配しなくても何もしてない……お前達が考えるようなことは何も起きてない」

とはいえ。リリスは上背に対して、不釣り合いなほどに男を誘惑するに足る二つの大きな膨らみを有している。あのまま二人きりで放っておかれて、いつまでも理性を保っていられるのかは怪しいものではあったが……。

「ともかく、今日はもう遅い、大人しく部屋に戻って寝ろ」

「はーい……わかったわよ、トール」

「リリスもだ。部屋に帰って寝るんだ。もう、眠れそうか？」

「はい……トール様と一緒にいられて、落ち着きました。今日のところは眠れそうです。ありがとうございます、トール様」

エミリアとセフィリス、及びリリスは自室へと戻っていく。こうして俺は一人になった。これでやっとのことで、俺は落ち着ける時間を過ごせることになる。これで眠れることができそうだ。隣にリリスがいては、彼女はともかくとして、俺は緊張して眠れそうにもなかった。

こうして、俺達の夜は更けていくのであった。そして、その翌日のことであった。

それは朝食中の出来事であった。朝食ということで、夕食よりは多少は軽いが、それでもそれなりに豪勢な料理が食卓には並んでいた。

「トール殿、エミリア殿、セフィリス殿」

食事中にドワーフ王が俺達の名を呼んだ。

「なんですか？　ドワーフ王」

「うむ。今回、皆の者に魔王軍との戦いに参加してもらう上で、ドワーフ兵達との顔合わせを済ませておきたいのだ」

ドワーフ王は、俺達に向かってそう言ってきたのである。

「ドワーフ兵との顔合わせですか？」

「うむ……ドワーフ兵達には今回頼もしい助っ人が参戦してくれているということは伝えているが、実際に会っておいた方が良いと思うのだ。今回、ドワーフ兵達はトール殿の指示に従い、戦うことになる。その際、実際に会っておいた方が何かと都合が良いだろう」

「ドワーフ王がそう言うのならば構いませんが……」

昨晩の内に魔王軍が攻め込んでこなくて助かったといえば助かった。その間に、俺達は戦の準備をすることができる。ドワーフ兵との顔合わせも、その準備の内の一つに含まれると言えるであろう。

「おお、そうか。ドワーフ兵もそなた達に関心があることだろう。それでは朝食を済ませた後、顔合わせへと向かおうかの」

正直、ドワーフ兵は上背がなく、身体能力には乏しい。特別魔法が使える者は多くはないし、戦力としてはあまり期待できなかった。だが、それなりに頭数はいる為、使い様によっては戦力になる可能性もあった。特に今回の場合は自分達から攻め込むわけでもなく、ドワーフ国での防衛戦が予想される。自陣で戦えるのだと思えば、やり様はあるだろう。俺はそう思っていた。

こうして俺達はドワーフ兵との顔合わせへと向かったのである。

俺達の目の前には大量のドワーフ兵が整列していた。ドワーフ兵達の身体(からだ)は小さく、その為、兵士達を目の前にしているというより、子供達を目の前にしているかのように感じるのであった。魔王軍との戦いを前に、兵士達と対面しているという、本来ならば緊張感のある場のはずなのだが。どこかこの場にはその緊張感が欠けているのであった。まあいい……改めて気を引き締めよう。彼らも背丈はともかくとして立派な兵士達なのだ。それ相応の態度を示すべきであろう。

「皆の者。心して聞くが良い。彼らが今回、我々と魔王軍の戦いに参加してくれる助っ人の三人だ」

ドワーフ王は、ドワーフ兵達に向かってそう言うのであった。

「「「おおおおおおおおおおおおおおおおおおおおおおおおおおおおおおおお」」」

「あれが助っ人の三人か」

「皆大きいだ」

「男だけじゃねぇ、女の子もいるべ！」

「はぇー、美人さんだ。あの二人も戦うんだ」

ドワーフ兵達はどよめいた。人間とエルフが物珍しいのだろう。

「皆の者！　静粛に！　静粛にだ！」

「…………………………………………」

ドワーフ王が叫ぶと、ドワーフ兵達は静かになったので、気を取り直したドワーフ王は言葉を続けるのであった。

「魔王軍は確かに手強い、そして恐ろしい相手だ！　残念ながら、我が軍の兵力には自信が持てない。なぜなら我々ドワーフはあまり戦が得意ではないからだ」

ドワーフ王は実に正直であった。ドワーフという種族の特性について、客観視ができているのであろう。自軍の実力を過大評価しているよりは余程マシだと思えた。自信を持つのは良いが、戦力を過信すると戦場では足元を掬われかねないのである。

「確かにそうだ……」

「オレ達は決して強くねぇだ」

「魔王軍になんて勝てるわけねぇ」

ドワーフ兵達は、再びどよめき始めた。ドワーフ王は続ける。

「だが、臆することはない！　我々ドワーフ族にはドワーフ族なりの強みがある！　その強みを活かして、魔王軍に対抗していけばいいのだ！　そして何より、ここにいるトール殿！　エミリア殿！　セフィリス殿！　この三人の力を我々は借りることができるのだ！」

「「「おおおおおおおおおおおおおおおおおおおおおおおおおおお」」」

再びドワーフ兵達がどよめき始める。

「ここにいるトール殿はジョブ・レンダー《職業貸与者》という唯一無二の天職に就いておられる。きっと我々を勝利に導いてくれるはずだ！」

「「「おおおおおおおおおおおおおおおおおおおおおおおお」」」

どよめくドワーフ兵達。

「……こほん。それではトール殿。助っ人の代表として一言頼めるかね」

俺は魔石を渡される。先ほどまで、声を隅々まで届ける為にドワーフ王が使用していた物だ。声を拡散させる効果がある魔法道具らしい。

「えーっと……何を言えばいいかな……今回、助っ人として今回の戦争に参加することになったトールと言います」

俺は言葉を続ける。

「一つだけ言っておきたいのですが、魔王軍は手強い相手です。俺達は一度、魔王軍四天王の一角であるクルーガーと戦い、倒し切れずに逃げています」

「な、なんだって！　……」

「助っ人連中でも勝てなかったっていうのかよ……」

別の意味で、ドワーフ兵達はどよめく。不安や恐れを抱いたようだ。

「だけど、俺達には秘策があります。ドワーフ国の王女であるリリス様が打ったこの三つの武器は伝説の金属『アダマンタイト』で作られたものです。今の俺達はかつての俺達とは違う。この三つの武器があれば、クルーガーとも十分に戦っていけるでしょう。そして、今回の戦いが防衛戦であることも大きい」

「防衛戦？」

「それにはどういう意味があるんだ？」

ドワーフ兵達は疑問符を浮かべる。

「戦争は大きく分けて二つの勢力がぶつかり合うのが普通です。それが攻める側と守る側。守る側の戦いのことを防衛戦と言います。今回、ドワーフ国は守る側ってことです。魔王軍は攻める側。守る側の場合、自陣で戦うことができる。地の利はこっちにあるということです。そして、戦う為の準備もやりやすい。戦闘はともかくとして、この準備をするのは手先の器用なドワーフ族の得意分野のはずです」

「ふむ……準備とは、どのようなことを言っているのだ？　トール殿」

ドワーフ王は俺にそう聞いてきた。

「まず、ドワーフ兵達にはリーチに秀でた槍を持たせます。そうすれば身体の小ささをカバーできる。その上で、ドワーフ国の防衛機能を強化させましょう。そうすることができればドワーフ族と魔王軍の戦力差を埋めることができる」

「だそうだ！　それではこれより早速、戦の準備を進めるぞ！　ここにいるトール殿とわしの命令に従い、戦の準備を行う！　それでは行動を始める！」

　ドワーフ王の宣言に従い、ドワーフ兵達は動き出す。こうして刻一刻と魔王軍との開戦の時が迫っていた。

キンコンカンコン！

　ドワーフ兵達は工作を始めた。至る所に障害物（バリケード）を作ったのである。

障害物（バリケード）には棘（いばら）が装着されており、まともに当たると大層痛そうである。そしてドワーフ兵達には槍を渡されることになった。元々ある在庫では行き渡らなかったようで、その場合は工房にいるドワーフが手早く槍を作っていったのであった。

　こうしてドワーフ国では戦争の準備が着々と進んでいくことになる。やはりドワーフ族は直接戦うのは得意ではないが、こういった手先を使った作業などはお手の物であった。どんなに非力に見える種族にでも、何かしらの取り柄というものはあるのだ。その取り柄を活かしていけばいい。物事というのは大抵の場合、そういうものなのである。弱点を克服しようとするよりも長所を活かしていけば良いのだ。

ドワーフ兵達は意気揚々と作業をしている。地味な作業ではあるが、彼らの性格にはそれが合っているのだ。元々職人気質な種族であり、好戦的な性格ではない。

俺が作業の光景を見守っていた時のことだった。リリスが近づいてくる。

「ありがとうございます、トール様」

リリスが俺にそう、礼の言葉を述べてきた。

「どうしてお礼を言ってくるんだ？」

俺はそう、聞き返した。

「我々、ドワーフ族が魔王軍と戦うことになり、きっと皆不安でした。何せ、我々はあまり戦に秀でていませんから、屈強な魔王軍を前にして、不安な気持ちを抱くのは当然のことと言えます。ですが、トール様をはじめとした皆様がご協力していただけるとあって、ドワーフ国に希望の光が差し込んできたように思います」

リリスはそう言っていた。

「そうか……そう言ってもらえたら俺も嬉しいよ」

だが、それでも決して楽観できなかった。魔王軍の兵力はすさまじい。個体としての強さはドワーフ族とは比較にならないだろう。そしてクルーガーの存在もあった。

「また何事もなく、笑って過ごせる日常が戻ってくればいいのですけどね」

「そうなるように、俺も最善を尽くすつもりだ。俺だけじゃない。皆だってその気持ちだろうよ」

「それもそうですね」

リリスは頷いた。

「ではトール様。私は行きます」

リリスはリリスでやることがあったのだろう。どこかへと向かっていった。

「ああ……またな、リリス」

俺は俺でドワーフ兵達の指示役に回るのであった。こうして魔王軍との戦争に向けた準備は進んでいき、そしてついには、その時が訪れようとしていたのだ。

カランカランカラン！

なんの前触れもなく、鐘が鳴らされた。鐘の音は連鎖するように広がっていき、その音はドワーフ国に緊急事態である旨を伝えていく。

「魔王軍だ！　魔王軍が攻めてきたぞ！」

高台にいる見張り役のドワーフ兵が叫ぶ。

「トール様！」

リリスが俺の名を呼ぶ。

「お父様——ドワーフ王がお呼びです。至急、王城まで来てください」

「わかった……リリス。すぐに向かおう」

俺は急いで王城へと向かう。

こうして、ドワーフ国の平和な日常が終わりを告げた。そして戦火の炎はドワーフ国を脅かすのであった。

## 第三章　ドワーフ国での決戦

### 【魔王軍四天王クルーガーSIDE】

「ふむ……あれがドワーフ国か」

遥か彼方に見えるドワーフ国を見て、魔王軍四天王の一角であるクルーガーはそう呟くのであった。

「あんな狭苦しい所で生活しているとは……まるでドブネズミのような生活よのう……哀れな連中よ」

クルーガーは、そう吐き捨てる。クルーガーは用意されていた椅子に腰かけていた。

ドワーフ族は戦闘能力からすればあまり高い種族ではない。その為、クルーガー自らが出向かずとも国を攻め落とすのはそう難しいことではないと判断したのだ。唯一の懸念があるとすれば、あのジョブ・レンダー《職業貸与者》トール率いるパーティーであろう。トール率いるパーティーは、魔族兵が相手でも手に余る存在なのは間違いない。だが、以前の戦いでは、伝説の金属『アダマンタイト』の鎧(アーマー)及び大斧(おおおの)を装備したクルーガーに対して、手も足も出ずに逃げ出していった。故にクルーガーはトール達がしゃしゃり出てきた場合でも自身が出陣すればなんの問題もなく対処できると楽観していた。

「今度あったら……タダでは済まさぬぞ。トールとかいう小僧め。次こそは八つ裂きにしてやる」

クルーガーはその鋭い眼光を光らせるのであった。

「そして、あの小娘どもはなぶりものじゃ……散々に犯した後に、我の情婦として生涯(しょうがい)飼ってやろうぞ！　クックック！　フアッハッハッハッハッハッハッハ！」

クルーガーの哄笑(こうしょう)が響き渡る。クルーガーには自信があった。その自信とは自身の力に対する自信。それともう一つ、強力な助(すけ)っ人(と)に対する信頼であった。足音がした。

その強力な助っ人がやってきたようだ。

「おっと……やっときたかの」

「クルーガー様」

「前鬼(ぜんき)と後鬼(ごき)。ここに参りました」

クルーガーの目の前に二匹の鬼(オーガ)が跪(ひざまず)く。赤い鬼(オーガ)と青い鬼(オーガ)が姿を現すのであった。彼らの名は前鬼と後鬼といって、鬼族(オーガ)の中でも、非常に強力な個体だった。彼らが、クルーガーが今回のドワーフ国の侵略戦争にあたって招来した助っ人である。

「よくぞ来てくれた……。魔族兵だけでは些か心許ないからの。貴様達が来てくれて、我は頼もしいぞ」

「はっ！」

「ありがたきお言葉です！　クルーガー様！」

前鬼と後鬼はそう答えた。

「それで我々は」

「何をすればよろしいでしょうか？」

息の合ったタイミングで、二人はそう言葉を紡いでくるのであった。

「とりあえずの間、お前達は待機だ。当面は魔族兵にドワーフ国の攻略を任せる。それで攻略が完了すれば良し……できなければ、お前達の出番というわけだ」

「はっ！」

「了解しました！」

前鬼と後鬼は答える。

「さあて……あのトールとかいう小僧はどう出てくるかの……まさか、もう尻尾を巻いて逃げ出したのではあるまいな。クックック！　ファッハッハッハッハッハッハッハッハ！」

再度、クルーガーの哄笑がその場に響き渡る。

「クルーガー様！」

伝令をしている魔族兵がクルーガーの前に馳せ参じた。

「ん？　なんじゃ？」

「ドワーフ国に侵攻する準備が整いました。いつでも行けます」

「そうか、だったらドワーフ国への侵攻を開始せい」

「承知致しました。全軍、ドワーフ国への侵攻を開始します」

整列していた魔族兵の大軍が進軍を始める。

「さあて……しばらくは静観するかの……」

クルーガーはにやりと笑い、その鋭い眼光を光らせた。

こうして、ドワーフ国と魔王軍との戦いの火蓋が切られるのであった。

◇

俺達はドワーフ国の王城にある広間に集められた。そこが今回の戦争における作戦会議室のような役割を果たしていた。

「おお……来てくれたか、トール殿」

ドワーフ王はそう言って、俺を出迎えるのであった。

俺とリリスがその場に着くと、エミリアとセフィリスは既にその場にいた。

「お待たせしました、ドワーフ王」

目の前には大きなテーブルがあった。そして、そのテーブルには大きな地図が置いてあった。

そこにはこのドワーフ国周辺の地形が示されている。そして、いくつかの駒のようなもの。黒と白の駒があった。まるでチェスの駒のように。魔王軍とドワーフ国の勢力を表しているのであろう。

「……それで、我々はどうすればいいのだ？　トール殿」

ドワーフ王は俺に泣きついてきた。一国の王として、それは如何なものかと思うが……。こういった時こそ、毅然とした態度をとってほしいものだ。部外者の俺に頼ってくるとは……。まあいい。今更のことである。気にしていても仕方がない。俺は気を取り直す。

「ドワーフ国は大きな洞穴の中にあります。その為、連中の侵攻ルートは一つしかありません」

俺は地図上の駒を動かす。黒い駒で魔王軍の勢力を、白い駒でドワーフ国の勢力を表すのであった。

「障害物も設置してありますし、罠も設置してあります。そして、リーチ差を埋める為に槍を持ったドワーフ兵も配備しています。障害物と罠に手間取った魔族兵相手に、一挙にドワーフ兵を進軍させるのです」

俺は白い駒――ドワーフ国の勢力を前方へと動かしていく。

「おお！　そうであるか！　そうであるか！　素晴らしい作戦だぞ！　早速その作戦を実行しようではないか！」

ドワーフ王は手放しで喜んでいた。一国の王として頼りないものではあったが、それだけドワーフが戦とは無縁の生活を送ってきたのだろう。慣れていないのだからある程度は仕方ない部分もある。

「では頼んだぞ！　ドワーフ兵長！　トール殿の作戦通りに、ドワーフ兵達を動かしていくのじゃ！」

ドワーフ王はドワーフ兵長にそう言って命令した。ドワーフ兵にも序列のようなものが存在する。ドワーフ兵達を纏める指示役。それがドワーフ兵長だ。他のドワーフと差別化する為か、ドワーフ兵長は尖り帽子をつけている。

「了解しました！　ドワーフ王！　至急みんなにそう指示をしてきます！」

そう言って、ドワーフ兵長は前線へと向かっていった。

「それで、次はどうするのじゃ？　トール殿」

ドワーフ王は俺にそう聞いてきた。

「とりあえずはこれで様子見します。もしかしたらドワーフ兵達で魔族兵はなんとかできるかもしれない」

防衛戦であること。地の利を活かせること。そして槍でリーチの差を埋めることができれば魔族兵との戦力差を埋めることができる。だから、もしかしたらドワーフ兵達でなんとかできるかもしれない。

――だが。クルーガーが相手では無理だ。あれはそんな小細工でどうこうできるほどの戦力ではない。ドワーフ兵がどうあがいても手に負えない絶対的な強者だ。

「おおっ！　そうかっ！　なんとかなるかもしれないのかっ！」

ドワーフ王はそう言って喜んでいた。

「ただ、あの魔王軍四天王の一角であるクルーガーが出てきたら言ってください。あいつはどうしようもなく強い」

クルーガーが……もしくは未だ見ぬ強敵が出てきたら、ドワーフ兵ではどうしようもないであろう。その時はやむをえない。

俺達が前線へと出ていくより他にないのだ。

「だから、もしドワーフ兵ではどうしようもない相手が出てきたら、俺達が向かいます」

「うむ！　そうか！　では、我々ではどうしようもない相手が出てきたら、トール殿にお願いするとしようか！　今のところそれらしい敵が出てきたという報告は聞いてないが」

ドワーフ王はそう言っていた。

ともかく、今はやれることはなかった。敵の出方を窺うより他にない。こうして俺達は戦況を静観することにしたのだ。

## 【ドワーフ兵長ＳＩＤＥ】

「はぁ……はぁ……はぁ」

ドワーフ兵長は作戦会議室から急いで前線へと戻ってきた。

「ドワーフ兵長！」

「わ、我々は一体、どうすればいいのですか！」

ドワーフ兵達は不安そうな表情を浮かべていた。

「う、うろたえるな！　今より作戦を伝える！　えーっと……なんだったっけ！　そうだ！」

ドワーフ兵長はトールから聞かされた作戦を思い出す。

「とりあえずは魔族兵が侵攻してくるのを待つのだ！　入口は一か所しかない！　そしてそこには障害物（バリケード）や罠（トラップ）が設置されている！　それに敵は慌てふためくであろう！　その間隙（かんげき）を衝（つ）き、槍を持ったドワーフ兵が連中に痛手を負わせるのだ！」

ドワーフ兵長は、ドワーフ兵達にそう伝えた。

「「おおおおおおおおおおおおおおお」」

ドワーフ兵達はどよめいた。

「すごい」

「なんだかいけそうな気がする」

「なんとかなりそうだ」

僅かではあるが、ドワーフ兵達は自信を持ったようだ。希望の光を見出すことができた。

「敵は強大な魔王軍だ！　だが、臆する必要はない！　我々が最善を尽くせばきっと勝てる！」

ドワーフ兵長は、ドワーフ兵達に対して力強くそう宣言した。

「ドワーフ兵長！」

ドワーフ兵の叫び声が聞こえてくる。

「ん？　なんだ？」

「魔王軍です！　魔王軍がすぐそこまで攻め込んできました！」

「な、なんだと！　総員！　槍を構えろ！　戦いの準備をするのだ！」

ドワーフ兵長はそう叫ぶ。

「「「キケケケケケケケケケケケケケケケケケケケケケケケケケケケケケケ」」」

魔族兵達の不気味な叫びが聞こえてきた。しかし、目の前の地面に突如、巨大な穴が開いたではないか。

「な、なに！　グアアアアアアアアアアアアアアアアアアアアアアアアア！」

魔族兵はその落とし穴に呑み込まれていく。ただの落とし穴ではない。下には無数の棘が設置されており、いくら魔族兵と言えども落ちたら無事では済まない。

他にも棘のついた障害物が無数に設置されており、勢い余れば大怪我を負ってしまう。

「く、仕方ない！　止まれ！　この地帯は危険だ！　慎重に進まざるを得ないだろう！」

魔族兵の軍団は仕方なく、進軍の勢いを緩めざるを得なかった。

「い、今だ！　迎え撃て！」

ドワーフ兵長はドワーフ兵達にそう命令する。障害物の背後に隠れていたドワーフ兵達が槍を持って一斉に姿を現す。

「な、なんだこいつら！　グアッ！」

ザシュッ！　ドワーフ兵の槍が魔族兵の身体を抉った。

「い、いける！　いけるぞ！」

ドワーフ兵は自信を持った。いくら魔族兵が強力とはいえ、障害物や罠で身動きが取れない上で、リーチのある槍による攻撃を食らえば、ひとたまりもない……は些か言い過ぎでもあるが、ある程度有効に戦えるのは確かなことであった。

実際、いくつもの戦略が有効に機能し、トールの目論見通りにドワーフ兵達は魔族兵達に対して善戦することができたのだ。これはドワーフ兵達に対しては僥倖ではあったのだが、魔王軍からすれば実に予想外のことであった。

魔王軍からすればドワーフ達など、鼠ぐらいのものだとしか思っていなかった。洞穴の中に隠れている鼠を駆除するだけの作業だと思っていたのだ。だが、その鼠が予想外の反撃に出てきたのだ。鼠が懸命に食らいついてきた。

魔王軍にとっては十分に衝撃的な出来事だったのである。

そして、前線における魔王軍の苦戦っぷりは、すぐに指揮系統の最上位である魔王軍四天王の一角、クルーガーの耳元にまで届くのである。

## 【魔王軍四天王クルーガーSIDE】

「もう、嫌ですわ……クルーガー様」

「良いではないか……揉んだところで減るものでもなし」

「ふふふ……もう、仕方のないお方」

クルーガーは戦場に来ているとは思えないほどに、緊張感を欠いていた。

鬼族のお気に入りの女を数人連れてきていたのである。そして、女遊びに夢中になっていたのだ。

とても戦場に来ているとは思えない光景であった。とはいえ、それはクルーガーからすれば当然のことであった。クルーガーからすればドワーフなどという脆弱な種族が戦いという土俵の上に立てるとは思っていない。これはクルーガーからすれば『戦争』などでは決してない。『狩猟』である。クルーガーはドワーフ国に『狩猟』を楽しみにきているのだ。本人からすればそういった感覚である。だから緊張感を持つのは困難なことであった。相手は『敵』などという大層なものではなく、ただの『獲物』に過ぎないのだから。

――だが、夢中で女遊びをしているクルーガーの興を削ぐような報告が飛び込んでくるのであった。

「クルーガー様！」

魔族兵がクルーガーの元にかしずく。

「ん？　なんだ？　なんの報告だ？　当然、あのドワーフ達をねじ伏せ、制圧できたのであろう？」

聞くまでもない当然のことだ。そう、クルーガーは本気で思っていた。しかし、魔族兵の報告はクルーガーのその期待を大きく裏切るものであった。

「いえ……それがですが……あの……」

魔族兵が言葉を濁らせる。明らかに報告を躊躇っているようだ。

「なんだ？　はっきり言え。無駄な手間を取らせるでない」

「は、はい！　す、すみません。ほ、報告ですが……端的に言えばドワーフ国の侵攻は難航しています」

「な、なんだと！　それは本当か！」

「は、はい！　本当です！　ドワーフ達の反撃が思っていた以上に激しく、侵攻が滞っています。このまま兵力の消耗が激しくなれば、撤退をせざるを得なくなるかもしれません」

「くっ」

クルーガーは表情を曇らせる。先ほどまではあんなに陽気な気分だったというのに。

女遊びに興じている気分でもなくなってしまったのだ。

「あんなドワーフなどという脆弱な種族に、我ら栄えある魔王軍が後れを取っているというのか」

「い、いえ、そんなようなことは決してございませんが……」

魔族兵が言葉を濁らせる。報告すればクルーガーが激昂することが容易に想像できた為、躊躇っていたのであろう。

「もうよい……貴様は前線に戻れ。本当は八つ当たりして殺してしまいたいところだが、雑兵でも無駄に減らすのは勿体ない」

クルーガーは冷徹な口調でそう言い放つ。

「は、はい！　で、では前線に向かいます！」

そう言って魔族兵は駆け足で前線へと向かった。

「仕方がない。前鬼、後鬼」

「「はっ！」」

クルーガーの呼びかけに応え、速やかに二体の鬼が姿を現す。

「お前達の出番だ。不甲斐ない魔族兵の代わりに、非力なドワーフ達をねじ伏せろ」

「「かしこまりました。クルーガー様」」

こうして、赤と青の鬼が、前線へと向かっていったのである。

## 【ドワーフ兵長SIDE】

勝てる。やれる。

ドワーフ兵長は戦いの最中に、確信を持つようになった。

様々な前提条件が重なった結果、ドワーフ兵は魔族兵が相手でも十分に戦えるようになっていた。魔族兵達は明らかに苦戦していた。地面には多くの魔族兵の死体が横たわっていた。

戦況は明らかにドワーフ側に有利にことが運んでいた。だが、ドワーフ族の有利はあくまでもドワーフ側が強かったからではない。弱者ではあるが、様々な小細工を積み重ねて、有利に立ち回れるようにしたから、なんとかなっているだけなのだ。

その小細工を打ち砕いてしまうほどの強力な存在が現れれば、非力なドワーフ達ではもうどうしようもなくなってしまうのは言うまでもないことであった。

突如、宙から二体の鬼が現れた。赤い鬼と青い鬼。

「な、なんだ！　こいつらは！」

ドワーフ兵長は叫んだ。ドワーフ兵達も、また慌てふためく。

「我ら」

「前鬼と後鬼」

鬼達はそう言った。

「我らが主」

「クルーガー様の命により、貴様達を滅ぼしに来た」

その時、ドワーフ兵が槍を構え、目の前に現れた鬼を槍で突いたのである。

「くっ！　やってやるっ！　やってやるぞっ！」

キィン！

しかし、甲高い音が響くだけで、槍は僅かばかりのダメージも与えられていないようであった。目の前の鬼は鎧などの防具を身に着けていないにも拘わらずである。その鬼の皮膚は鋼鉄よりも硬いものであったのだ。

「ふっ。無駄なことを……脆弱なドワーフ風情が」

赤い鬼（オーガ）――前鬼は鼻で笑った。

「な、なんだ！　こいつは！」

ドワーフ兵長は前鬼を見上げていた。巨大で恐ろしい化け物だった。ドワーフが小柄な種族であるからそう見えるというのも勿論（もちろん）ではあるが、たとえ人間と比較しても、倍くらいは大きな化け物だったのである。

「さて、捻（ひね）りつぶしてやろうか……蟻（あり）共め」

青い鬼（オーガ）――後鬼はそう言って、パキパキと指を鳴らす。

「ドワーフ兵長！　ど、どうしましょう！　用意しておいた槍も全然通用しませんよ！」

そう言って、ドワーフ兵が泣きついている。だが、ドワーフ兵長からしても泣きつきたいのはこっちだという気持ちだった。

「あ、あれはもはや我々ではどうにもならんぞ！　な、なんとか時間を稼（かせ）げ！　幸い、あいつらは我々を完全に見下しているから、少しは遊んでくるかもしれない！　すぐに作戦会議室に戻り、ドワーフ王とトール殿に報告してくるとしよう！」

「わ、わかりました！　ドワーフ兵長！」

ドワーフ兵長は、速やかにドワーフ城にまで戻っていくのであった。

◇

ドワーフ城の作戦会議室での出来事であった。

「はぁ……はぁ……はぁ……はぁ、ドワーフ王！　トール殿！」

扉が開け放たれ、ドワーフ兵長が駆け込んできた。ドワーフ兵長は肩で息をしていた。相当な緊急事態が起きたのだろう。かなり、急いできたようであった。

「ど、どうしたのだ!?　ドワーフ兵長！　な、何があったのじゃ！」

ドワーフ王は狼狽(うろた)えながらそう言った。国王としては毅然(きぜん)とした態度を取ってほしいのだが、ドワーフ王には無理な話であろう。仕方がなさそうだった。

「クルーガーが現れたのか？」

俺はそう聞いた。

「い、いえ！　トール殿！　恐らくは違います」

ドワーフ兵長は俺にそう言ってきた。

「相手は鬼族(オーガ)でしたが、クルーガー本人では恐らくはありません。二体いましたから。赤い鬼(オーガ)と青い鬼(オーガ)が一体ずつ現れたのです」

ドワーフ兵長はそう言ってきた。

「奴らの身体（からだ）は凄（すさ）まじく硬く、我々ドワーフ兵による攻撃ではビクともしませんでした。今はドワーフ兵達により時間を稼いでもらっていますが、それもいつまで持つかわかりません」

「わかりました……」

クルーガー本人ではない。恐らくその鬼（オーガ）はクルーガーの手下であろう。だが、ドワーフ兵ではどうしようもなく強い存在だということはわかった。いい加減、俺達が相手をしなければならないだろう。

「エミリア、セフィリス。準備をしていくぞ」

「わかったわ、トール」

「わかりました、トール様」

俺達はリリスから授けられた『アダマンタイト』製の武器を引っ提げて、前線へと向かった。

「トール様」

戦場へと向かう前に、俺はリリスに出かけるよりも前にそう声を掛けられた。

「お気をつけてください。ご武運を祈っています」

「ああ……わかっているよ、リリス」

俺はリリスの言葉に対して、そう答えた。

こうして、俺達は前線へと向かったのである。

◇

「ぐおっ……おおっ！」

ドワーフ兵が前鬼により踏みつぶされていた。

「脆い……脆いぞ。この下等種族が……グッフッフ！　グアッハッハッハッハッハッハッハッハ！」

戦場には前鬼の哄笑が響き渡る。

「く……くそっ……我々ではどうしようもないというのか……」

地に伏したドワーフ兵が項垂れる。戦場には多くのドワーフ兵が横たわっていた。

「弱い！　弱すぎるぞ！　この下等種族！」

後鬼は一人のドワーフ兵を手で持ち上げる。そして、その大きな口を広げた。後鬼の口は大きく、ドワーフ兵程度のサイズであるならば一飲みできてしまいそうであった。

「ひい、いやだっ！　や、やめてっ！　食べないで！」

これから食べられようとしているドワーフ兵は震えていた。しかし、後鬼の腕力は凄まじく、どうしようもない様子であった。

「貴様達のような畜生にも劣る下等種族が我々の栄養となれるだけ、光栄なことだろうよ！

グッフッフ！　グアッハッハッハッハッハッハッハッハッハ！」

戦場に後鬼の哄笑が響き渡る。

ドワーフ兵達からすれば絶望せざるを得ない状況だった。もはやこれは戦争などではなかった。一方的に嬲（なぶ）られるだけの『蹂躙（じゅうりん）』である。前鬼と後鬼はドワーフ兵を敵などという大層な存在だとは微塵（みじん）も思っていなかった。踏みつぶせばいいだけの虫ケラのような存在だとしか思っていないのである。

「ひいっ！　誰か！　誰か――――――――――――――――！」

これから食われようとしているドワーフ兵が、悲痛な声を上げた。

――と、その時のことであった。

「やめなさい！」

声が響いた。エミリアがそう叫んだのだ。

「ん？」

俺達が姿を現すと、後鬼が食事の手を止めた。仕方なく、その手を緩め、ドワーフ兵を解放したのだ。

「ふん、命拾いしたの」

「ひいいいいいいいいいいいいいいいいいいいいいいいいい！」

解放されたドワーフ兵は、みっともない声を上げながら、全力でその場から逃げていった。

戦闘を続けるなど無理な話であった。なぜなら、誰でも自分の命が大事なのだ。

「エミリア、皆を治療してやってくれ」

地面には傷ついた多くのドワーフ兵が横たわっていた。正直に言ってしまえば、復活したところで戦力になるとは到底思えないのではあるが、死なれてしまっても後味が悪い。

「わかったわ！　トール！」

エミリアは聖女としての力を行使する。

「『オール・ヒール』」

エミリアは全体回復魔法を発動した。エミリアの放った聖なる癒(いや)しの光が空から全体に降り注いでいく。その光は瞬く間に傷ついたドワーフ兵達を癒していくのであった。

「おおおおおおおっ！」

「き、奇跡だっ！」

「き、傷が瞬く間に癒されていく」

ドワーフ兵達はエミリアの放った『オール・ヒール』のあまりの効力に、一様に驚いているようであった。

「動けるようになった者は避難してくれ。こいつらの相手は俺達がする」

俺がそう言うと、ドワーフ兵達は避難を始めた。わざわざ前線に留まろうとする者は皆無だった。もはや自分達がこの場にいたとしても、足手まといにしかならないことを何よりも理解しているのであろう。

「ふっ……貴様が我が主であるクルーガー様の言っていたジョブ・レンダー《職業貸与者》、トールか」

赤い鬼が俺を見て、そう言った。

「そうだ……お前達はやっぱり、あのクルーガーの手下か」

「いかにも。我は前鬼」

赤い鬼──前鬼がそう言った。

「我は後鬼」

青い鬼──後鬼がそう言った。

「我らはドワーフ国を攻め落とす命を受け、この場に来ている」

前鬼はそう言った。

「だが、貴様達を始末しろという命を受けていないのも事実。……どうする？」

後鬼はそう俺達に聞いてきた。ニヤリとした笑みを浮かべてくる。

「どうするって、何をだ？」

俺はそう聞き返す。

「このまま尻尾を巻いて逃げ出せば、見逃してやらんこともないぞ？　クックック」

前鬼はニヤニヤとした笑みで俺達を見下してくる。

「馬鹿を言うな……俺達はドワーフ国と共闘関係なんだ。お前達を目の前にして、逃げ出すわけがないだろう」

「そうよそうよ！　私達がドワーフ族の皆を置いて逃げ出すわけがないじゃないの！」

エミリアはそう叫んだ。

「あんた達こそ、早くドワーフ国から尻尾を巻いて逃げ出しなさいよ！　そうしたら見逃してあげるわよ！」

「クックック！　それは無理な相談だ。我々はクルーガー様の命を受けて行動している」

そう、前鬼は言った。

「そう、主であるクルーガー様の命は絶対なのだ」

そう、後鬼は言った。

「……そうか。だったら」

俺はリリスに作ってもらった『アダマンタイトの剣』を構えて言う。

「戦うしかないようだな……俺達は」

「左様」

前鬼はニヤリとした笑みを浮かべ、そう言った。

「我々を退かせたければ言葉ではなく、力で語るが良い」

後鬼もニヤリとした笑みを浮かべ、そう言った。静寂がその場を支配する。もはや語ることなどなかった。お互いに引ける理由などない。力で押し通す以外にないのである。

　地面には無数の槍が落ちていた。ドワーフ兵達が使用していた槍だ。ドワーフ兵達の攻撃を全く食らっていなかったというわけでもないだろう。しかし、連中の皮膚からは僅かばかりの傷さえ見受けられなかった。

　奴らの皮膚は鋼鉄以上の強度があるのだろう。この『アダマンタイトの剣』の試し斬りをする相手としては十分だった。いくら奴らの皮膚が鋼鉄以上の強度があるといっても、伝説の金属である『アダマンタイト』以上の強度があるとは到底思えない。

「さて。これ以上の御託は不要」

「始めるとするか」

　前鬼と後鬼が構える。来る。奴らは仕掛けてくる。奴らの攻撃は一瞬にしてやってきた。奴らと俺達の間には相当な距離があったはずなのだが、奴らの瞬発力は凄まじいものがあった。

　一瞬にしてその距離を詰めてくるのだ。

「セルフ・レンド《自己貸与》『剣聖』」

　俺は『剣聖』の職業をセルフ・レンド《自己貸与》した。リリスから与えられたこの『アダマンタイトの剣』を扱える職業というのは限られている。剣を装備できる戦士系の職業。その中でも『剣聖』は代表的なものではあるし、使いやすい職業でもあった。そのことから俺は『剣聖』の職業を選択したのである。

「はあああああああああああああああああああああああああああ！」

叫びながら前鬼が俺に殴り掛かってくる。俺は『アダマンタイトの剣』の刃でその攻撃を受け止めた。

キイイイイイイイイイイイイイイイイイイイイイイン！

硬質な拳と『アダマンタイトの剣』がぶつかり合い、甲高い音がその場に響いたのだ。

「ほう」

前鬼は感心したように呟く。

「その剣……伝説の金属である『アダマンタイト』でできているようだな」

「そ、その通りだ」

「なるほど……なるほど……これは厄介だ。だが、これで少しは楽しめそうではないか」

後鬼はニヤリと笑う。

「はあっ！」

そして、間髪容れずに攻撃を放ってきたのだ。奴らの脅威な点は、その硬質な皮膚だけではない。そして、その圧倒的な筋力から放たれる瞬発力や破壊力だけではなかったのだ。前鬼と後鬼はまるで一心同体といった様子だった。完璧なコンビネーションを以て、畳みかけてくるのである。

拳や蹴りが休む暇もなく、俺に襲い掛かってくるのである。

「く、そっ！」

『剣聖』の職業をセルフ・レンド《自己貸与》した俺は巧みな剣術で、なんとかその攻撃を捌いていく。だが、防戦一方であった。如何せん相手のスピードが凄まじかった。まるで嵐のようなその攻撃は止む気配すら感じられない。

「ど、どうしよう！　セフィリス」

エミリアが俺を心配して声を上げる。

「私が突破口を開きます」

セフィリスは『アダマンタイトの弓』を構えた。弦を思いっきり引っ張る。『アダマンタイトの弓』は普通の弓よりもずっと頑丈だ。故に、限界をギリギリのところまで弦を引っ張ることができた。そこから放たれる矢の破壊力は以前よりもずっと凄まじいものとなっていた。

「ノーマルアロ――！」

セフィリスは声と共に、矢を放つ。無属性の矢だ。なんの変哲のない普通の矢に過ぎないが、『アダマンタイトの弓』から放たれた矢である。矢は前鬼の肩ら辺に突き刺さった。鋼鉄のような前鬼の皮膚を突き破ることに成功したのである。

「ちっ！」

前鬼は舌打ちをした。続いて、セフィリスは連続して矢を放つ。次の矢は後鬼の足に突き刺さった。

やはり、『アダマンタイト』による武器を得たことで、鬼族（オーガ）が相手とはいえ、俺達は十分なダメージを与えることができるようになったようだ。

前鬼と後鬼はセフィリスの攻撃により、怯（ひる）んだ。一瞬ではあるが、前鬼と後鬼の攻撃が止んだのだ。

「エミリア！　今だ！」

「わかったわ！　トール」

『アダマンタイトのロッド』を装備するようになったエミリアは、『聖女』としての力を守りだけではなく、攻撃としても使えるようになったのだ。

『アダマンタイトのロッド』から、『聖女』の聖なる光を放つ。

「『ホーリー・レイ』」

『アダマンタイト』により、増幅された聖なる光の力が前鬼と後鬼に襲い掛かる。

「な、なに！」

「グ、グワアアアアアアアアアアアアアアアアアアアアアア！」

前鬼と後鬼は悲鳴を上げた。とはいえ、エミリアの放った光線のようなもの『ホーリー・レイ』自体の威力が凄まじく高いというわけでもないだろう。前鬼と後鬼からすれば……ではあるが。だが、『ホーリー・レイ』の光の量は凄まじく、目くらまし――を超えて目潰しのような効果を発揮した。『ホーリー・レイ』をまともに受けた前鬼と後鬼は一瞬ではあるが、完全に行動不能になる。そして、その一瞬が戦場では命取りなのだ。

「……終わりだ」

俺は前鬼と後鬼にそう告げる。

そして、剣を振るった。『アダマンタイト』で作られたこの剣は良く斬れる。

僅か二振り。

あっと言う間のことだっただろう。何事もなかったのようだった。

「え？　……」

「……なんだ。何事もないではないか。拍子抜けさせおって」

前鬼と後鬼は呆気にとられたような声を漏らす。

──しかし。次の瞬間のことであった。

「な、なに？」

「ば、馬鹿な！　グ、グオオオオオオオオオオオオオオオオオオオオオ！」

前鬼と後鬼は断末魔のような悲鳴を上げた。二体の鬼の首がゴロリと地面に崩れ落ちたのである。あまりに斬れ味が良すぎた為、当人達も斬られたという自覚もなかったのであろう。

「やった！　トール！」

エミリアは喜びを露わにした。

「おおっ！」

「す、すごい！　あいつらを倒したなんて！」

「これでドワーフ国は救われるぞ！」

　ドワーフ兵達は無邪気に喜んでいた。まるで全てが終わったかのように。だが、当然のようにこれで終わったというわけではない。ドワーフ国が再び平和を手に入れたというにはあまりにも早計であった。

「浮かれるのはまだ早い……。奴らはクルーガーの手下に過ぎないんだ。問題の根本であるクルーガーを倒さなければ」

　そう、クルーガーを倒さなければ、本当の意味でドワーフ国が平和を手に入れたとは言えないだろう。先ほどの勝利によって得た平和など束の間のものに過ぎないのだ。

「そ、そうね。その通りよ。あいつを倒さないと」

　エミリアはそう言っていた。これであの男――クルーガーが恐れをなして尻尾を巻いて逃げ出せば良いが、恐らくはそうはならないであろう。鬼族は好戦的で血の気が多い種族だ。性格的に撤退をすることなど考えづらい。それに、魔王軍にとっては魔王の魂が封じ込められたオーブを手にし、魔王を復活させることが魔王軍の悲願でもあるはずだ。だとするのならば、猶更考えづらい。奴らもまた引くことなどできるはずもなかった。

　そして、その予想は的中し、そしてドワーフ国をさらに激しい戦火の炎が包んでいくのである。

## 【魔王軍四天王クルーガーSIDE】

「……遅い」

クルーガーは明らかに苛立っていた。先ほどまでは女遊びに興じていたというのに、今では全く以てそんな気にもならない。明らかにイライラとしていたのである。その雰囲気を周りにいる者達も感じ取っていた。特に魔族兵達である。下手に癇に障ったら首が落とされかねないので、クルーガーに対する接し方には慎重にならざるを得なかった。

前鬼と後鬼が前線に出向いてからそれなりの時間が経過しているにも拘わらず、ドワーフ国を制圧したという報告が来ないのである。

「……まさか、前鬼と後鬼の奴ら……やられたのではあるまいな？」

まさか、とは思うが、疑念のようなものが湧き上がってくるのである。前鬼と後鬼は誉れある鬼族の血脈を引いている。どんな策を練ろうとも、いくらなんでもドワーフを相手に遅れを取るなどとは思えない。鬼族にとって、ドワーフ族など脆弱な下等種族に過ぎないのだから。だが、クルーガーには一つだけ懸念があった。そう、あの時、ドワーフ族の姫であるリリスを誘拐しようとした時。あの時に刃を交えたジョブ・レンダー《職業貸与者》、トール率いるパーティーの存在である。

クルーガーは奴らを一度退けた。というよりはまんまと逃げられたのではあるが……。まあ、そのことは今はどうでもいいことだ。別に負けたわけではないのだから。だからといって、奴らを退けられた理由は装備によるところが大きい。クルーガーの傍らにある、『アダマンタイトの鎧』及び『アダマンタイトの大斧』のおかげである、と言ってしまっても過言ではなかった。僅かな間、戦っただけに過ぎないが、彼らは間違いなく噂通り、いや、噂以上の手練れであったということに間違いはないだろう。特にリーダーのジョブ・レンダー《職業貸与者》トールだ。流石は魔王軍四天王の一角である魔族ルシファーを倒しただけのことはあるだろう。奴らだったら、もしかしたら前鬼と後鬼を倒せる可能性はあるかもしれない。クルーガーはそう思考を巡らせるのであった。

クルーガーが痺れを切らしていた、そんな時のことであった。

「はぁ……はぁ……はぁ、クルーガー様！」

伝令をしていた魔族兵が駆けてくる。

「……ん？　なんだ？　ドワーフ国の制圧は完了したのか？」

「そ、それは……そのですね……その……あの」

魔族兵は言葉を濁らせた。表情からして、芳しくない報告であることを察することができた。

「はっきり申せ！　今は時間が惜しいのだ！」

クルーガーがそう叫ぶと、魔族兵は観念したように報告をするのであった。

「前鬼様と後鬼様のお二人でありますが、ドワーフ国の制圧に失敗しました」

「な、なんだと！　そ、それはなぜだ？」

クルーガーは慌てたような口調であるが、内心ではどこかで目星のようなものがついていた。心当たりはあったのだ。

「どうやら、あのジョブ・レンダー《職業貸与者》、トール率いるパーティーに倒されたようなのです」

魔族兵はクルーガーが激昂（げっこう）すると予想していたのだろう。目を閉じ、身体（からだ）を震わせていた。怒号が飛んでくると。だが、予想に反して、怒号は飛んでこなかった。

「……そうか。奴が現れたか」

クルーガーは冷静だった。前述したように、トールが現れることは、ある程度予想できていたことだ。そして、トールが前鬼と後鬼を倒すこともまた、ある程度予想ができていたことでもある。だから驚きも憤り（いきどお）の感情もクルーガーは大して抱かなかったのである。

「いかがされましょうか？　クルーガー様」

「どうしようもないだろう。我が出向くより他にない」

「そ、それでよろしいのですか？　クルーガー様自らが敵陣に出向くなど」

戦（いくさ）というのは本来、大将というのは指揮をするだけで前線には出向かないものである。特に人間の場合はそうだろう。人間の場合は特別に戦闘力のない者が指揮系統の頂点に立っているということも珍しいことではない。だが、鬼族は脆弱な人間などとは違うのである。

「仕方ないだろう。我が出向く以外に何がある？　今更魔族兵の大軍を送り込んだところで、あのトールとかいう小僧に勝てるとは到底思えぬ……なにせあいつらはあの脆弱なドワーフ兵達にすら遅れを取ったのだからな」

それを言われると魔族兵としては身も蓋もない話であった。言い返すことなどできるはずもない。

もはや、ドワーフ国に眠るとされるオーブを諦めて撤退をするか……あるいは大将であるクルーガーが前線へと出向くか。その二つに一つしか残されていないのである。

そして、そのうちの前者。『撤退』に関してではあるが、これもまた考えることはできなかった。無様に撤退して魔王城に帰っていったらどうなるか。他の魔王軍四天王の二人（内一人は戦死している）に激しく罵倒されることであろう。それもまた、クルーガーのプライドが許さなかったのだ。

故に取りうる選択肢は一つだった。『自らが前線へと出向き、トール達のパーティーを討つ。そしてドワーフ国を制圧し、オーブを手に入れること』。それ以外の選択肢など最初から存在していないに等しいのである。

「行くぞ。戦の準備をせい」

「「はっ！」」

クルーガーは周囲にいる魔族兵達に命令をする。クルーガーの傍らには『アダマンタイトの鎧(アーマー)』があった。クルーガーはその鎧(アーマー)を装着する。そして、大斧を手に取った。

ここより遥(はる)か遠くに見えるドワーフ国をクルーガーは見据える。

「調子に乗るなよ……たかだか人間が……我の力、存分に見せてやるぞ」

クルーガーは大斧を構え、そう呟(つぶや)いた。

魔王軍とドワーフ国の戦火の炎は、一層激しさを増すばかりである。

「はぁ……はぁ……はぁ……トール殿！　トール殿！」

ドワーフ兵長が俺の元へと駆け寄ってきた。

「どうしました？　ドワーフ兵長」

「そ、それが……高台で見張りをしていたドワーフ兵から報告があったのです」

ドワーフ兵長は焦った様子で、俺に報告をしてくる。

「魔王軍四天王の一角であるクルーガー！　敵の大将が前線へと向かってきているとの報告があったのです」

「……そうか。わかった。報告ありがとうございます。ドワーフ兵長」

俺はそう言った。

だが、別に驚きの類の感情は湧いてこなかった。前鬼と後鬼が俺達に敗れた時点で、クルーガーの取りうる選択肢など二つしかありえなかったのだ。このまま『撤退』するか。あるいは自らが前線に出向くか。そのどちらかしかありえない。そして、クルーガーの性格。鬼族は血の気が多く、好戦的な種族である。当然クルーガーの性格にも色濃く反映されているはずだ。

つまりは敵を目の前にして不利だと思ったからといって、『撤退』するという可能性は考えづらいことなのであった。

つまりは大将であるクルーガー自らが前線へと出向いてくるという可能性が、限りなく高い。そういうことである。

クルーガー自らが出向いてくるということは、もはやドワーフ兵でどうこうできるわけもないだろう。ドワーフ兵が罠や策略を用いたところで、どうこうなる次元の相手ではない。前鬼や後鬼の段階ですら、既にそうだったのだから。それより格上の存在であるクルーガーを相手にどうこうできるとは到底考えられないことであった。

「い、いかがされましょうか!?　トール殿」

「残念ながら、クルーガーはもはやドワーフ兵が束になったところで敵う相手ではありません」

「……そ、そうですな。そ、その通りです」

ドワーフ兵長は渋々ではあるが自分達の非力さを認めた。

「クルーガーは俺達が相手をする。それ以外に方法はないでしょう」

俺はそう言い切った。残念ながらそれしか方法がない。ドワーフ兵が役に立つような局面ではもはやないのである。

「エミリア、セフィリス……クルーガーの元へ向かうぞ」

俺は二人にそう言った。

「わかったわ、トール」

「はい。トール様」

俺達は準備を整え、前線へと向かおうとした。

——と、その時であった。

「その必要はないぞ。小僧」

声が響いたのだ。

突如、天空より、何者かが舞い降りてきた。

——その者が何者か、言うまでもないことだろう。

伝説の金属『アダマンタイト』の鎧（アーマー）で全身を包み込み、同じ金属で作られた大斧を手にした大男。

魔王軍四天王の一角、鬼族（オーガ）のクルーガーである。『アダマンタイト』は硬質な金属であるが、それほど軽いものではない。ましてや、フルプレートの鎧を纏っていては猶更重く感じることであろう。

だが、その鎧を身に纏っても尚、クルーガーは天高く跳躍し、この場に現れたのだ。

それは一重に彼が身に纏っている筋肉の成せる業であった。単純な力だけではない。瞬発力にも優れた筋肉をクルーガーは持っていたのである。

つまり、クルーガーは力だけではなく、速度も併せ持っているのである。

相手がただの力馬鹿だと思うと、痛い目を見ることになる。『アダマンタイト』の鎧。及び大斧も厄介ではあるが、本質的にはクルーガーという人物が脅威なのである。流石は魔王軍四天王の一角であると言えよう。

「ふん……やはりか」

状況を確認し、クルーガーは言う。周辺には前鬼と後鬼の遺体があった。後々処理しなければならないだろうが、それでも今はそんなことをしている場合でもない。

「ジョブ・レンダー《職業貸与者》、トール。貴様か……いや、貴様達が前鬼と後鬼を倒したのか」

クルーガーは『アダマンタイトの大斧』を俺に向けながら聞いてくる。聞いてくるといっても、ある程度の確信があるのだろう。まさかドワーフ兵達に前鬼と後鬼が後れを取ったのだとは微塵にも思うまい。

「他の可能性は考えれぬ……。他にありえぬであろう」

クルーガーは一人で呟き、納得していた。

「……その剣」

クルーガーは俺が持っている『アダマンタイトの剣』に注目したようであった。

「『アダマンタイト』でできているようだな……」

「その通りだ」

俺は答えた。さらに言えば、俺の持っている剣だけではなく、エミリアが持っているロッドも、セフィリスが持っている弓もそうではあるが……。

「……だからか、貴様達は我と戦うことに自信を持っているのか……。装備が対等になったのだから。前のように逃げ回る必要などないと」

クルーガーは怒りに震えているようだった。

「装備が対等になったくらいで、我と戦えるとでも思っているのか……それで我に勝てるとでも」

クルーガーは別に俺の言葉を必要としていなかった。勝手にそう解釈し、勝手に憤っている。

「我と同じ『アダマンタイト』の武器を手に入れたからといって、貴様達と我の実力差まで埋まると思うなよ！　この脆弱な劣等種族共が！」

クルーガーは大斧を構えた。

「セフィリス！」

「は、はい！　トール様」

俺の言葉に応えるように、セフィリスは弓を構えた。矢を放つ。

「ノーマルアロ――！」

無属性の矢がクルーガーに襲い掛かる。間髪容れずに、セフィリスは無属性の矢を数発放った。

「効かぬわ！　この馬鹿ものが！」

キィン！　キィン！　キィン！

甲高い音がその場に響き渡る。

しかし、クルーガーは大斧を巧みに使いこなし、セフィリスの矢を叩き落とすのであった。

クルーガーの怪力と、その見た目からは想像できないほどの器用さの成せる業であった。高速で迫る矢を叩き落とすなどという芸当。簡単にできるものではない。

先ほどの芸当はクルーガーが決して『アダマンタイト』の装備に頼って戦っているわけではないということを指し示していた。

『アダマンタイト』製の装備は確かに強力ではあるが、クルーガー自体が純粋に強いのだ。まさしく、鬼に金棒と言えよう。クルーガーは決して『アダマンタイト』製の装備に甘えて戦っているわけではないのである。

「……あ、ありえません……あの大斧を軽々しく扱うなど」

セフィリスは慄き、そう呟いた。

「くっ……もう、さっさとやられてよ。この筋肉オバケ」

エミリアは吐き捨てる。そして、エミリアは『アダマンタイトのロッド』を構えた。エミリアは聖属性の魔法を放ち、クルーガーに攻撃をしようとしたのである。

――だが。クルーガーはエミリアの動きを素早く察知した。鎧の僅かな隙間から見える、クルーガーの眼光が鋭く光った。

「うらああああああああああああああああああああああああ！」

クルーガーは雄叫びを上げる。

「きゃっ！　なにっ！　き、きゃあああああああああああああああああああ！」

エミリアは甲高い悲鳴を上げた。

突如、エミリアは吹き飛ばされる。

エミリアとクルーガーの間には相当な距離があった。いくらクルーガーの瞬発力とはいえ、一瞬では届かないほどに。その間には俺が立ちはだかっていたのだから、猶更のことである。

しかし、クルーガーが唯一、攻撃を届かせる方法があった。クルーガーはその大斧を利用し、風を放ったのである。発生した衝撃波は一瞬にしてエミリアに襲い掛かる。

クルーガーの怪力があってこそでもあった。こうしてエミリアは行動を起こすよりも前に、その行動を潰されてしまったのである。

「エミリア様！」

セフィリスが声をかける。

「だ、大丈夫よ。セフィリス、私なら……」

尻餅をついたエミリアは立ち上がる。それなりにダメージを食らってはいるが、それでも直接攻撃されたわけでもないので、なんとか堪えられたのだろう。『聖女』という職業は基本的には後衛職なので、あまり耐久性のある職業でもないのだが……。

「エミリア！」

俺もまたエミリアを心配し、声をかける。

「……心配せずとも良い。殺したりはせぬ」

しかし、なぜかクルーガーから言葉が返ってきたのだ。

「……なぜ、お前がそんなことを言う」

俺達は敵同士だ。そして、俺達は戦争をやっているのだ。敵に情けをかけている余裕など普通はないだろう。

「種族の関係なく、見目麗しい女は貴重な財産だ。心配せずとも、貴様の女は殺さず、我の情婦にしてやる。だが、男の貴様の命は保証できぬがな……グッフッフ！　グアッハッハッハッハッハ！」

クルーガーの哄笑がその場に響き渡る。

「くっ……」

俺は表情を歪ませる。

どこまでも人を馬鹿にしやがって……。ここは戦場だというのに。今はふざけている場合ではないだろう。それともクルーガーは単に本気だというだけのことかもしれない。

俺はクルーガーの前に立ちはだかる。

「心配するな……エミリア。セフィリス。こんな奴に手出しはさせない」

「……トール」

「……トール様」

二人は後方から俺を見守っていた。

「小僧……トールといったか。貴様、舐めたことを抜かすな。我と同じ『アダマンタイト』の装備を手に入れたようだが、それで対等になったつもりか。図に乗るなよ」

クルーガーはそう、言い放つ。

「御託は良い。さっさと決着をつけよう」

「応。そうしようではないか」

俺達は睨み合う。もはや言葉など不要だ。話し合いが通用するような相手でないことはわかっている。お互いに譲れないものがあり、引くことなどできない。

戦いを回避することなど不可能であった。ぶつかり合う以外の選択肢などないのだ。

俺達は武器を構え、ジリジリと距離を詰めていく。クルーガーの間合いに入った。

奴の方が体格がよく、そして、使用している武器も長い。当然のように、武器の届く距離――リーチに関してはクルーガーに明らかに分があったのである。

奴の攻撃は届くのに、俺の攻撃は届かない。リーチの差があるという事実は俺にとっては明らかに不利な点であった。相手の方が先に攻撃が届くのだ。俺はクルーガーの攻撃をまず受けなければならない。

その上で距離を詰め、自らの距離に持っていかなければ攻撃が当たらないのだ。

だが、そのことに泣き言を言っていてもどうしようもない。

さらに距離を詰める。先にクルーガーの間合いになった。奴の攻撃だけ届き、俺の攻撃は届かない距離。当然のようにクルーガーが優位性のある間合いを見逃すはずがなかった。奴の怪力は凄まじいが、脳味噌まで筋肉でできているというわけではないようであった。ただの力馬鹿ではないのだ。伊達に魔王軍の四天王の一角に居座っているわけではないようであった。

「うるあああああああああああああああああああああああああ！」

クルーガーが突如、叫び声を上げた。声と共に、大斧による一撃が飛んでくる。その攻撃は巨大な体躯からは想像できないほどの速度で俺に襲い掛かってくる。

瞬時のうちに、俺は判断を求められた。大斧を剣で受け止めるか、避け切るか。受け止めるなど最初からあり得ない話であった。大斧による一撃は凄まじく、受け止めても相当なダメージを受けることは明白だった。故に避ける以外の選択肢は考えづらかったが、攻撃が思っていた以上に速く、避けるのに難儀（なんぎ）した。

　間に合え。俺はそう念じていた。

　大斧の一撃が地面に突き刺さる。その攻撃は速度のみならず、破壊力も相当なものであった。一瞬にして、地表に巨大なクレーターができる。

　寸前のところで、俺はその攻撃を避けることに成功した。まともに受けていたらどうなっていたか、想像するのは実に恐ろしいことであった。背筋に寒気が走る。

　だが、大斧による一撃には一つだけ明確な弱点があった。大斧による一撃は強力であるが、それと引き換えに攻撃の後に大きな隙を生じさせるのだ。

　それは如何（いか）にクルーガーといえども例外ではない。俺は瞬時の攻防の中で、クルーガーに隙が生まれているのを見逃さなかった。一瞬のことではあるが、奴は完全に身動きの取れない、無防備な状態になっていたのだ。

　絶好の機会（チャンス）。俺がその機会（チャンス）を逃すはずもない。

「はああああああああああああああああああああああ！」

　俺は叫びながら剣を振るう。

『剣聖』の職業（ジョブ）をセルフ・レンド《自己貸与》した俺は、無駄のない最小限の動きで剣を繰り出した。

狙うのは首元だ。頸動脈を斬る。いかにクルーガーといえども、生物である以上は首は弱点のはずだ。

クルーガーの全身は伝説の金属である『アダマンタイト』で覆われている。故に、前の状態であれば、鎧を貫くことはできなかったであろう。だが、今、俺が装備している剣は、奴と同じ素材である『アダマンタイト』により作られたものだ。同じ素材の武器ならば奴の防具を貫くことができる道理だ。

甲高い音が響き渡る。

だが、確実に俺の剣は、奴の首元を斬り裂くことができた。

ザシュッ！

そして、肉を斬った感触が剣越しに伝わってきた。確実な手ごたえがあった。

「な、なに！　グオオオオオオオオオオオオオオオオオオオオオオオオオ！」

断末魔のような悲鳴を放ったクルーガーは崩れ落ちた。そして、大量の血を垂れ流し、血の水たまりを作ったのだ。

間違いなく、致命傷だった。クルーガーは死んだ。死ぬ時なんて、案外呆気ないものであった。

俺は深く溜息を吐く。長かったドワーフ国と魔王軍の戦いもこれで終わりを迎えるのだ。

「やった！　トール！」

「トール様！」

エミリアとセフィリスも喜びを露わにしていた。

歓喜の輪は広がっていく。

「やった！　俺達は勝ったんだ！」

「やった！　やったぞ！　これで終わったんだ！」

ドワーフ兵達もまた、戦に勝利した喜びを露わにしていく。

戦の雰囲気は一変し、ドワーフ国全体が歓喜に染まっていったのである。

やることはまだ山積みだろうが、とりあえずは安心できる時間が訪れたのである。

「トール様」

しばらくして、リリスが俺の元を訪れてきた。リリスのいる王城にまで、戦が終わったことが伝わったのであろう。

「……リリス」

「ありがとうございます、トール様。あなた様のおかげで、我がドワーフ国は救われました」

リリスは瞳に涙を浮かべながら、俺にそう言ってきた。

「そんなことはない。俺の力だけじゃない。この勝利は皆のおかげだ」

周りが勝戦ムードに浮かれている中、なぜか喜び切れていない自分がいることに気づいた。

なぜか、妙に冷めている自分がいることに気づいた。

おかしい。なんだか、上手く行き過ぎているような。このまま終わるわけがないような。理由はわからないが、直感的に自分の中で違和感のようなものを覚えたのである。

その瞬間、俺の視界に目を疑うような光景が飛び込んでくる。クルーガーの死体が消えてなくなったのだ。塵になったというわけではないだろう。

──まさか。脳裏に過った。だが、咄嗟のことに、身体がついていかない。

「──しまった」

俺は思わず、そう、言葉を漏らす。

リリスは何がなんだかわからないといった様子で呆けたように、そう言葉を発するのであった。

「え？」

リリスの背後から、突如、影が現れる。それがなんなのかは言うまでもないことであった。

クルーガーであった。クルーガーは首から大量の出血をしつつも、それでも尚生きているようであった。半死半生といった様子ではあるが、脅威であることに違いない。

「クルーガー……お前、生きていたのか？」

間違いなく致命傷だったはず。だが、あの攻撃を食らって尚、クルーガーの命を断つまでには至っていなかったようだ。

「見ての通り。良い攻撃であった。だが、我の命を奪うには些か傷が浅すぎたようだ。我の筋肉に感謝だな。グアッハッハッハッハッハ！」

クルーガーは高笑いをする。いくら致命傷でなかったとはいえ、それでも大きなダメージを与えたはずだ。今のクルーガーであれば、戦えば確実に勝てるはずだ。だが、相手の目的が戦うことになければ、話が違ってくる。

すると、クルーガーはリリスの頭を掴んだ。

「おっと……動くなよ。動いたらこの娘の頭を潰すぞ」

クルーガーはそう脅し、俺の動きを牽制してくるのであった。

「あっ……ああ……」

リリスは恐怖のあまり、そう声を漏らしていた。

「くっ……」

「トール！」

エミリアがこちらに走ってこようとした。

「動くな！　エミリア！　下手に動けばリリスの命がない！」

「うっ……わかったわ」

エミリアとセフィリスは動きを止める。

「……ひ、卑怯だぞ。人質を取るなんて……」

「ぐっはっはっは！　誰に物を言っているのだ！　小僧！　我は魔王軍四天王だぞ！　目的の為ならば手段を選ばず！　勝てばなんでもよいのだ！　勝てば！　ぐあっはっはっはっは！」

クルーガーの哄笑がその場に響き渡る。それもそうだ、相手は非道な連中。人質を取るなんて彼らにとっては朝飯前のことである。なんとも思っていないのだ。それくらいのこと、平然とやってくる。泣き言を言ったところでどうしようもないことであった。

「……おっと」

クラッ。

クルーガーは若干平衡感覚をなくし、立ち眩みを起こした。やはり出血は相当な量に達しているようであった。いかにクルーガーとはいえ、平然とはしていられないはずだ。

「いかんいかん……ここで意識を失うわけにはいかん。早く、城に戻ってダメージを回復させねば」

「逃げるのか？」

「人聞きの悪いことを言うでない小僧！　これは戦略的な退却じゃ！　勝利の為に一歩後退するのだ……それに、良いものを手に入れたぞ。このドワーフ国の姫は何かと交渉材料に使えそうだしの……ぐっふっふ！　ぐあっはっはっはっはっはっはっはっは！」

再び、クルーガーの哄笑がその場に響き渡るのであった。

「トール様！」

リリスは叫び声を上げる。クルーガーはリリスを担ぎ上げた。

「小僧。このドワーフの姫を返してほしくば、魔王様の魂を宿したオーブを持ってこい。受け渡し場所はここより遥かに東にある我の城だ」

クルーガーは跳躍する。

「ま、待て！　クルーガー！」

俺は叫ぶ。待つわけなどないとわかっていながらも、叫ばざるを得なかったのだ。

こうして、クルーガーはドワーフ国から逃げていった。奴らを退けることはできたかもしれないが、俺達はリリスを人質に取られてしまった。

「行っちゃった……どうしよう、トール」

エミリアがそう聞いてくる。後悔してもどうしようもない。起きてしまったことは元には戻らないのだ。これからどうするかを考える以外にないだろう。

「ドワーフ城に戻って、ドワーフ王に報告するしかないだろう」

俺はそう言った。油断してドワーフ王の娘をまんまと誘拐されたなどという報告。そんな報告をするのは気が重かった。だが、そう報告をせざるを得なかった。

俺達は勝戦ムードも一転、意気消沈し、重い足取りでドワーフ城へと戻っていくのであった。

◇

「トール殿！　エミリア殿！　セフィリス殿！　聞いたぞ！　そなた達はついに、あの魔王軍四天王の一角であるクルーガーを打倒したのだな！　うむ！　よくぞやったぞ！」

ドワーフ城へと戻ると、ドワーフ王が俺達を出迎えた。まだ娘――リリスが誘拐されたということを知らないドワーフ王は能天気に喜んでいた。その姿を見て、猶更、俺達は胸を痛めるのであった。ますます、報告するのが気が重くなる。

「うむうむ！　よくぞやった！　よくぞやった！　そなた達ならやると思っていたぞ！　今日は宴じゃ！　宴！　皆の者！　盛大な宴の準備をしろ！」

「申し訳ない、ドワーフ王」

「ん？　どうしたのじゃ、トール殿」

「宴は開けそうにありません」

「な、なんだと……何かあったのか」

不穏な空気を察し、ドワーフ王の表情が暗くなるのを感じた。

「俺達はクルーガーに致命傷を与えました。俺達は奴を倒したと思っていたんです。だが、奴の生命力は想像を上回っていました。死んだと思っていたクルーガーは実は生きていて、一瞬の隙にリリス姫を人質に取り、そして逃げていきました」

「な、なんだと！　そ、それは本当かね!?　トール殿！」

ドワーフ王は俺達の報告を聞き、明らかに狼狽えていた。

「は、はい。ドワーフ王。ほ、本当です。実に情けない報告になりましたが……」

「くっ……そ、そんな、それではリリスは……」

ドワーフ王の表情が明らかに青ざめていた。無理もない。外道に娘を誘拐されたのだ。親であるならば卒倒しそうにもなるであろう。

「今のところは心配ないかと思います。クルーガーはリリス姫と引き換えに魔王の魂を封じられたオーブを要求していました……だから今のところは無事だと思います」

今のところ。そう、今のところではあるが……。オーブの交渉材料として残しておく為、リリスの命はしばらくは保証されていると見て良いであろう。

「な、なんだと！　オーブを……やはりそうか。それしか考えられぬものな。魔王軍の奴らが我がドワーフ国に攻め込んできた理由など……それ以外に考えられぬ」

「いかがいたしましょうか？　ドワーフ王」

「魔王軍にオーブを渡すのは大変危険なことだ。かつて勇者により封印された魔王が復活してしまうことになる。かくなる上は仕方ない。ドワーフ国の王としての立場としては、奴らにオーブを渡すわけにはいかぬ。だが、リリスの父としては娘を見殺しにするなど絶対にできぬ……うぬぬ」

ドワーフ王はそのジレンマに苦しんでいるようであった。

「何を言っているのよ！　ドワーフ王！　勝手に諦めちゃって！」

エミリアはドワーフ王に向けてそう言い放った。

「ん？　なんだと？　エミリア殿、それは一体どういうことじゃ？」

「オーブは渡さない。それでいて、リリス姫を救えばいいってことよ！　どっちかを諦める必要なんてないわ！」

エミリアはそう言うのであった。

「な、なんと！　そんなことができるのか！」

「私に考えがあるわ！　まず、オーブの偽物を用意するのよ！　それで、それを渡してリリス姫を返してもらうの。これで一件落着！　ちゃんちゃん！」

エミリアは能天気にそう言うのであった。

「いや、無理だろそれは……相手もそんなに馬鹿じゃないだろ」

俺は呆(あき)れる以外になかった。相手だって、オーブが本物か偽物かくらいわかるだろう。そんなこともわからないほどの間抜けだとは到底思えなかった。

「じゃあ、一度本物を渡して、それでリリス姫を返してもらって、すぐに奪い返すの」

エミリアはそう提案した。まぁ……それ以外にはないか。恐らく。

「ドワーフ王。残念ながらエミリアが言っている方法以外になさそうです。問題のオーブを用意してもらってもいいでしょうか？」

「うむ……魔王の魂を封じ込めたオーブは、地下の宝物庫に厳重に保管されているのだ。それを取ってこよう」

ドワーフ王は地下へと向かっていった。

俺達はドワーフ王がオーブを取ってくるのを待つ。そしてしばらくの時間が経過した後、ドワーフ王がこの場へ戻ってきたのである。

「……待たせたな。トール殿、エミリア殿、セフィリス殿。これが魔王の魂を封じ込めたオーブじゃ」

ドワーフ王は魔石を持ってきた。ドス黒い波動を放った魔石。これが魔王の魂を封じ込めたオーブ。確かに、不気味な力をそのオーブは放っていた。一目見てそれがただものではないということを察することができた。不気味な力を放つオーブ。たとえ離れた距離から見たとしても、本物か偽物かの区別など一瞬でつきそうなものだった。

だからエミリアの言ったように、相手に偽物を掴ませるなどという作戦は、到底、実行できそうにもない。

俺達はドワーフ王から魔王の魂が封じられたオーブを受け取る。軽い魔石ではあったが、その存在の重さからか、妙にずっしりとしたものに感じられるのであった。

「頼んだぞ。トール殿、エミリア殿、セフィリス殿。我が娘――リリスとドワーフ国の命運はそなた達に任せたのだ……実に情けない話だが。本来であればわし自らがリリスを救い出しに行きたいところだ。だが、わしが行ったところでただの足でまといにしかならんことを、わし自身が誰よりもわかっているのだ」

ドワーフ王は自らの無力さに打ちひしがれて、震えているようであった。

「わしにできることといえば、トール殿、エミリア殿、セフィリス殿。そなた達の無事と、我が娘――リリスの無事を案ずることくらいじゃ。幸運と無事を祈っておるぞ。皆のもの」

「わかっています。行ってきます、ドワーフ王」

無事にリリスを取り返してくる……とまでは言えないが、やれるだけのことはやるつもりだ。本当はこのオーブも渡したくない。

俺達はドワーフ王に見守られ、ドワーフ国を後にする。

ドワーフ国より遥か東にあるクルーガーの根城を目指し、旅立ったのである。

◇

ドワーフ城より遥か東の所に、それらしき城があった。血のように赤く染まった城。自己主張が激しい城は、主であるクルーガーの性格を端的に示していた。間違いないだろう。あの建物——鬼城というらしいが。あの建物がクルーガーの根城であり、リリスが囚われている場所であるはずだ。

「あれがクルーガーの根城である鬼城——のはずだ。そして恐らくはそこにリリスも囚われている」

俺達はワイバーン（飛竜）に乗っていた。時間が惜しかった為だ。時間がかかればかかるほど、リリスの身に危険が及ぶ可能性が高まる。

その為、俺は『テイマー』の職業（ジョブ）をセルフ・レンド《自己貸与》し、飛んでるワイバーン（飛竜）を捕まえ、テイムすることにしたのだ。

俺達は鬼城の前に降り立つ。

「……ほら。もう行っていいぞ」

用が済んだ為、俺はワイバーン（飛竜）を解放してやることにした。

自我を取り戻したワイバーンは再び天高く舞い、どこかへと消えていったのである。

「えー……トール。帰りはどうするのよ？」

エミリアは不満げにそう漏（も）らす。

「歩いて帰ればいいだろ」

俺はため息交じりにそう漏らす。行きと違って帰りは急ぐ理由はさほどないはずだ。……多分。恐らくは。急ぐ理由があったのならば、また適当なモンスターをテイムして乗り物代わりにすれば良いであろう。

「えー！　めんどくさいー！　疲れるー！　やだー！」

エミリアはわかりやすくダダをこねた。まるで子供のようだ。

「全く、エミリア。そんなことだから、お前は太るんだぞ」

「グサッ！　ううっ！　酷い！　トール！　本当のことでも言わない方が良いこともあるんだよ！」

エミリアは涙ぐむのであった。

「いつまでも遊んでいられる場合じゃない。今はリリスを救い出す方が先決だ。まだ俺達が無事に帰れるかもわからないんだ。帰りの時は全てが終わった後にでも考えればいい」

「そ、それもそうね……そうしましょう」

エミリアは、頷くのであった。

目の前には血のように真っ赤な城――鬼城が聳えていた。全く以て趣味の悪い、不気味な城であった。

俺達が門の近くまで行くと、突如として声が響いてきた。聞き覚えのある声だった。間違いない。クルーガーのものだ。

『よくぞ来たな！　ジョブ・レンダー《職業貸与者》、トール率いるパーティーよ。約束通りに、魔王様の魂を封じしオーブを持ってきたのだな？』

マジックアイテムか何かで拡散された奴の声が聞こえてくる。恐らくはどこからか、俺達のことを監視しているのだろう。ここからだとクルーガーの奴がどこにいるのかはわからないが……。

「……ほら。この通りだ」

俺はドワーフ王から預かったオーブを見せた。

『ふむ……どうやら本物のようだな……』

クルーガーはそう言った。直接見ずとも、本物か偽物かの判別くらいはつくようであった。

「そっちこそ、リリス姫は無事なんだろうな？」

『当然だ。肝心（かんじん）のリリス姫を殺してしまっては、交渉にならないだろう』

クルーガーはそう言っていた。奴らは外道であるし、非道でもあるがそれほど馬鹿ではないだろう。肝心のオーブを手に入れられなくなるような、下手（へた）な真似（まね）はしないはずだ。その点だけは信用しても良さそうなものであった。

『待っていろ……今、門を開けるからの……』

クルーガーの声が聞こえてくる。

目の前には巨大な門があった。とても力ずくでは開けられなさそうな、実に重そうな門であった。

ゴゴゴゴゴゴゴゴゴゴゴゴゴゴゴゴゴゴゴゴゴゴゴゴゴゴゴゴゴゴゴゴゴゴゴゴゴゴ――

しばらくすると地響きのような音が鳴り響いた。その音と共に、門は左右へと開いていくのである。

こうして、鬼城への門が開かれたのだ。

「エミリア、セフィリス。ここから先は敵の本拠地だ……ドワーフ国の時とは勝手が違う」

ドワーフ国にいた時は、余計なことを気にする必要はなかった。罠があるのではないかとか、奇襲をかけられるのではないかとか。それはドワーフ国で行われていた戦争が本拠地での戦闘だったからである。言うならばホームでの戦いだったのだ。

だが、これから行われるのはアウェイでの戦いだ。

当然のように、罠にも奇襲にも警戒しなければならないのだ。つまりは戦いの難易度が前の時よりもぐっと高くなる。それだけシビアなものになる可能性があるのだ。

「この城の中にはどんな可能性もありうる。だから、警戒して進んでくれ」

俺は二人にそう告げた。

「わかってるわ、トール」

「はい、トール様」

二人は頷く。

「……よし。覚悟は決まったな」

二人の表情を見て、俺達は進んでいく。クルーガーの根城である、鬼城の中へと侵入していくのであった。

「うへぇ……外も不気味だったけど、中も不気味ね」

鬼城の外壁は異様な感じではあったが、中もまた相当に不気味な造りをしていた。廊下(ろうか)か壁がまるで生き物のようにうねっているのだ。それはまるで何か巨大な化け物の体内に閉じ込められているようで、生きた心地がしないのであった。

俺達は不気味な城内を歩き続ける。だが、特別、罠にハメる気はないようだった。そんな気配は感じ取れない。

しばらく歩いた先に、大きな広間があった。

「ふっ……待っていたぞ。ジョブ・レンダー《職業貸与者》、トール率いるパーティーよ」

そこに待ち受けていたのはクルーガーだ。俺達が辿(たど)り着くより前に、治療を受けていたのだろう。俺が与えたダメージの影響は殆(ほとん)どなさそうであった。動きが鈍くなるなどの期待はできそうにもなかった。

その場には、囚われのリリスもまたいたのであった。

「リリス！」

俺は叫んだ。

「うう……トール様」

リリスは、そう答えた。リリスは衰弱しているようだが、命に別状はなさそうであった。

「クルーガー！　リリスを渡せ」

俺はクルーガーに言い放つ。

「……勿論渡そう。だが、その前に魔王様の魂を封じた、そのオーブを渡してもらおうか」

ニヤリとクルーガーは笑い、そう言ってきた。

「わかった。渡そう」

俺はオーブを放り投げる。

クルーガーはオーブを受け取った。

「おおっ……これが魔王様の魂を封じしオーブ。なんと禍々しい力を放ったオーブか。流石は我らの主である魔王様の魂が封じられていることだけはある」

「渡しただろ。だからリリスをさっさと解放しろ」

「わかっている……我らの目的はこのオーブを手に入れること。それが済めば、こんな小娘など用済みでしかない」

クルーガーはリリスを解放する。リリスがこちらに向かって歩いてきた。

「トール様」

リリスは怯えた表情で、俺の胸に飛び込んできた。

「安心しろ、リリス。これでもう、身の危険が及ぶことはない」

俺はリリスを抱きしめる。

「ごめんなさい……トール様。私のせいで、魔王の魂を封じたオーブが敵の手に」

「……それに関しても安心しろ。リリス、このままオーブを奴らに渡したりしない」

俺はリリスから離れる。

「え？」

リリスは呆けたような顔をした。

「トール様……それは一体、どういうことですか？」

「魔王軍……あんな邪悪な連中に、魔王の魂が封じ込められたオーブなんて渡すわけにはいかない」

俺は剣を構える。以前の戦闘に引き続き、俺は『剣聖』の職業をセルフ・レンド《自己貸与》していた。これはアダマンタイトの鎧を装備しているクルーガー相手には、この『アダマンタイトの剣』でしか、有効にダメージを与えられない為だ。

その縛りがある為に、俺は戦略的な自由度を著しく奪われていたのだ。

「オーブは渡さない。一旦は渡したかもしれないが、奪い返す。今度こそ、クルーガーを倒してな……」

俺は剣を構え、そう言い放つ。

「ふっ……」

クルーガーは俺達を鼻で笑う。

「良いのか？　お前達に恨みはあれど、始末しなければならない理由もない。このまま尻尾を巻いて逃げ出せば命だけは助けてやらんこともないぞ？」

見下したような目でクルーガーはそう言ってくるのであった。

「誰が逃げ出すか。バーカ」

「愚かな奴よ。先ほどの戦闘は我が油断し、たまたま。そう、まぐれで我に攻撃が当たったにすぎぬというのに……」

クルーガーは負け惜しみとしか思えない言葉を並べてくる。

「そんなに死にたいというのなら、かかってこい！　我が同じ轍を何度も踏むわけがなかろう！」

クルーガーは『アダマンタイト』の大斧を構えた。

こうして、クルーガーと俺達の三度目の戦いが始まったのだ。いい加減、こいつの顔も見飽きてきたところだ。そろそろ、決着をつける時が来た。

こうして俺達とクルーガーの最後の戦いが始まった。

キィン！　キィン！　キィン！　キィン！　キィン！　キィン！　キィン！　キィン！　キィン！　キィン！　キィン！　キィン！　キィン！　キィン！　キィン！　キィン！　キィン！　キィン！　キィン！　キィン！　キィン！　キィン！　キィン！　キィン！　キィン！

鬼城の中に甲高い音が、幾度となく響き渡る。俺の剣とクルーガーの大斧がぶつかり合う音だ。

◇

戦いは前の時と同じような内容だった。

大斧による一撃は重いものの、空振った時の隙が大きいという致命的な弱点があった。

俺はその隙を衝く。クルーガーの大斧による一撃が空振った後の隙に攻撃を仕掛けたのだ。

ザシュッ。

『アダマンタイト』の剣が奴の首元を貫き、肉を抉ったのだ。夥しい鮮血が溢れ出てきて、地面に血の水たまりを作る。

「ぐっ！」

クルーガーは膝をついた。

「……終わりだ。クルーガー」

俺はクルーガーにそう告げる。

長かった、こいつとの戦いもついに終わりの時を迎えるのだ。

「……ふっ……まさかこの我が二度も負けることになるとは……思わなかったぞ」

クルーガーは完全に追い詰められていた。だが、それでもクルーガーは余裕のある笑みを浮かべていた。まだ、何か手が残されているのか。それとも、ついに観念したからなのか。どちらかなのかはわからないが……。

何にせよまだ油断するには早すぎた。現に、今クルーガーは生きているのだ。まだ、何があるのかはわからないのだ。クルーガーには驚異的な生命力があった。前のように生き延びられても厄介だった。

今度こそ、ちゃんと息の根を止めなければならないのだ。

俺は剣を振り下ろす。クルーガーの首を斬り落とす。首を斬り落とせば、いくらクルーガーでも死ぬはずだ。首を斬り落とされて生きていられる生き物などいないだろう。不死者でもなければ、首を斬り落としても生きるなんてことは不可能なことだ。

俺は剣を振り下ろそうとした。

――と、その時のことであった。

強烈な不気味な波動がその場を支配した。世界が暗転したかと思った。そして、時が止まったのだ。身体の身動きが取れなくなる。時魔導士が使う、『時間停止』の魔法をかけられたかのようであった。身体だけは止まっているが、精神だけは動いているかのような、不思議な感覚。

なんだ？　この感覚は。

全てが静止した世界で、それでも魔王の魂が封じられたオーブが不気味な闇の光を灯していた。

恐らく、この不気味な空間を作っているのはクルーガーではない。このオーブだ。

魔王の魂を封じられた四つのオーブ。俺はこのオーブは四つ揃わなければなんの危険性はないものだと思っていた。四つ集まり、魔王が復活しなければ無害なものであると、そう思っていたのだ。だが、その認識が誤っていたということに気づく。オーブは紛れもなく、魔王の魂を封じ込めた魔石だ。だから、一つだけでも十分に危険なものだった。

『チカラガホシイカ？』

オーブはクルーガーに声をかける。答えるまでもないことだろう。『死』を目の前にしたクルーガーが今以上の力を望まないはずがない。たとえそれが悪魔に魂を売り渡すような真似だったとしてもだ。

『ノゾムノナラキサマノタマシイトヒキカエニチカラヲサズケヨウゾ』

オーブはクルーガーにそう語り掛けた。そして、唐突に停止していた時間は動き出すのであった。

「な、何？　今の？」

エミリアは怪訝そうな顔をしていた。

「なんだか、おかしい気配を感じました」

セフィリスも顔を顰めてそう言った。リリスも同じように、違和感を覚えているようであった。

皆一様に、違和感を覚えていた。

まずい。俺は気を取り直す。さっさとこのクルーガーを処理しないとならない。でなければとんでもないことになる。そう、確信を抱いた。

――だが。クルーガーはプルプルと小刻みに動き出すだけで、何も動こうとしない。

俺は剣を放った。ゴロン。クルーガーの首が落ち、地面に転がったのだ。

とても、女子供には見せられないようなグロテスクな状況ではあるが。四の五の言ってられない。早くクルーガーの命を奪わなければ、俺達の命が危ういのだ。

――これで終わり、となるのならどれほど良かっただろうか。

だが、現実に起きた出来事はその期待を大きく裏切ることとなる。首を落とされたクルーガーは平然と立ち上がったのだ。その様はまるで首無し騎士のようであった。

「ひぃっ！　なにこれ！　怖い！」

エミリアは恐怖のあまり震えあがっていた。いくらなんでも首を落とされて平然と生きているのは不気味過ぎた。もはやクルーガーは生物としての理から外れたようであった。不死者のような化け物になってしまったと思った方が良かった。

クルーガーの今の状態に奴の意思らしいものは感じなかった。確かに動いてはいるが、どこか無機質な印象を受けた。

——その時、奴の筋肉が膨張を始めた。そしてその勢いは留まることを知らない。元々巨大だった奴の身体が何倍にも膨れ上がっていく。『アダマンタイト』の鎧や大斧を呑み込み、どこまでも膨れ上がっていった。

「くっ！　なんだっ！　こいつは！」

もはやどうしようもなかった。このまま、鬼城にいるのは危うかった。奴の肥大化は留まることを知らない。何倍どころか、何十倍、何百倍も大きくなっていきそうであった。

このままここにいると、鬼城は崩壊しかねない。

「逃げるぞ！」

俺は皆にそう告げた。

「う、うん！」

「わかりました、トール様」

俺達は崩壊しつつある鬼城から撤退した。

◇

「はぁ……はぁ……はぁ」

俺達は息を切らしていた。なんとか間に合ったようだ。

崩壊するより前に俺達は鬼城から逃げ出し、なんとか安全そうな所まで避難することができたのだ。

「……なによ、あれは」

エミリアはその光景を見て言う。

巨大な筋肉の化け物ができ上がろうとしていた。その巨大さは巨人族（ジャイアント）すらも上回りそうであった。体長一〇〇メートルは優に超えていそうだ。

「……恐らく、あれはクルーガーの力ではない。魔王の魂を封じ込めたオーブの力によるものだ。あれは危険なものだった。俺達は四つ集まらなければ、オーブに危険なことは起こらないと思っていたが、どうやらそれは間違いだった」

「あれがあのオーブにより起こされたことだっていうの？」

エミリアはそう聞いてくる。

「恐らくはそうだ」

「こ、これから私達はどうすればいいのよ？」

エミリアがそう聞いてくる。筋肉の塊（かたまり）のような巨人。知性のようなものはまるで感じられなかった。あれだけ大きければ動きは鈍重だろう。だが、攻撃が効きそうにない。仮に攻撃を仕掛けたとしても、大したダメージは与えられなさそうだ。

……よし。一応試してみるか。俺はあの巨人に攻撃を仕掛けてみることにした。勿論（もちろん）、注意をこちらに引き付けてしまうというリスクはあったが、あのデカさと鈍重さでは追いかけられても逃げ切ることは十分にできるであろう。そう考えたのだ。

「セルフ・レンド《自己貸与》『砲手（ガンナー）』」

俺は『砲手（ガンナー）』の職業（ジョブ）をセルフ・レンド《自己貸与》する。

この『砲手（ガンナー）』という職業（ジョブ）は遠距離戦に特化した職業（ジョブ）である。その名の通り、砲台から巨大な砲弾を撃って相手を攻撃するのだ。普段の戦闘の時にはあまり使われることはない。

相手が遠距離にいる場合にしか、利点のない職業（ジョブ）なのである。だが、今回のような場面であったら役に立つ職業（ジョブ）である。

「発射（ファイア）！」

俺は砲弾を発射（ファイア）する。

ド――――――――ン！

けたたましい音と共に、砲弾が放たれる。そして、あの巨人に着弾し、破裂した。

　ダメージはあったようだ。あの巨人の胸元あたりに巨大な窪みができたのだ。

「やった！」

　エミリアが手放しで喜ぶ。ダメージがあれば倒せる見込みがある。そう考えることもできた。だが、事態はそう簡単にはいかないようであった。

「なっ⁉　なによそれ⁉」

　エミリアは目を見開き、驚いていた。

　砲弾によりできた大きな窪みは、瞬く間に再生していき、元に戻ったのである。俺がクルーガーの首を斬り落とした時と同じだ。多少のダメージを与えられても致命傷にならずに、再生していくのである。

「トール様……我々はいかがすれば」

　リリスは怯えながら俺に聞いてくる。

「どうしようもない……とりあえずはドワーフ国に避難しよう」

　あくまでも今のところは……であるが、打つ手はなかった。幸いなことに、リリスを救い出せたのだ。ここは一旦、ドワーフ国に逃げるべきだ。その上で、あの巨人をどうするかを考えよう。きっと打つ手はあるはず。何にせよ、あんな危険な生物を野放しにしておくわけにはいかなかった。

「……そ、そうですね。そうしましょうか」

リリスはそう答える。

こうしてリリスを救い出した俺達は、一つの大きな懸念（けねん）を抱えつつも、ドワーフ国へと戻っていくのである。

「おお！　トール殿！　エミリア殿！　セフィリス殿！　我が娘リリスを無事に救い出してくれたのか！　うむうむ！　よくやった！　よくやったぞ！　皆の者、盛大な宴（うたげ）の準備をせよ！」

リリスを連れてドワーフ国に戻ると、ドワーフ王が俺達を出迎えたのだ。

「……残念ですがドワーフ王、宴を開くのはまたの機会になりそうです」

「な、なんと！　まだ何かあるというのか!?」

俺がそう告げると、ドワーフ王は慌てていた。俺は端的に何があったのか説明をする。

「な、なんということか……一度作戦会議室に戻ろうとするか」

ドワーフ王に連れられ、俺達は作戦会議室へと向かう。

◇

作戦会議室。そこには長テーブルがあったが、その中央には水晶のようなものが置かれていた。

「この水晶は魔法道具（マジックアイテム）なのじゃ」

ドワーフ王は聞かれるより前に、説明を始める。流石（さすが）はドワーフ国。ドワーフは戦闘には優れていないが、こういった工作物には優れている。それが長所であった。

「この水晶は離れた場所の光景を見ることができるのじゃ。ふう、はああああああああああああああああああああああああああああああああああああ！」

説明を終えたドワーフ王は水晶に向かって念じ始めた。

「なになに？」

「おおっ……」

俺達は水晶を覗（のぞ）き込む。密集する為、少々狭苦しくなった。

ドワーフ王の言った通り、水晶にはあの巨人が映し出された。元々はクルーガーだった、今はなんだかよくわからない筋肉でできた巨大な化け物だ。

「おお、な、なんという巨大な化け物じゃ！　近くにある山が小さく見えるぞ！」

　ドワーフ王は恐れ慄いていた。

「な、なんなのじゃ、この巨大な化け物は！」

「クルーガーです……奴が魔王の魂を封じ込めた、あのオーブから力を受けて、こんな姿になったのです」

「おお……なんと、そんなことが。あのオーブにはそんな力があったのか。流石魔王の魂が封じ込められているだけのことはあるの」

　ドワーフ王は感心していた。

「クルーガーはあの化け物になり、元々あった知能は失われました。その上、奴は驚異的な回復能力を得ているんです。実際に攻撃してみて、証明されました。奴を倒すのは並大抵のことではありません」

「う、うむ。なんと、そうなのか。そんなことが……うむ」

　エミリアは水晶を指さしてそう言った。

「見て、トール。こいつが進んでくる方向、私達がいる、ドワーフ国がある方角よ！」

　この化け物。知能らしい知能は失われているが、それでも僅かに残っているのかもしれない。クルーガーの本能のようなものが。あるいはあのオーブに残された思念のようなものが、この化け物に命令を与えたのか。何にせよ、この化け物はドワーフ国を狙って、移動を始めているようであった。

だが、幸いなことに時間はあった。化け物の移動速度はあまり早くない為、対応するのに十分な時間を得ることができそうだった。

「そうだな……その通りだ」

俺は答えた。エミリアの言うように、巨大な化け物は俺達の方へ向かって進行してきている。何にせよ、どこに向かっていたとしても放っておくことはできないが……。こいつは危険な存在だ。放置しておけば必ずこの世界に害をなす。

放置したままにしておくことなどできるはずがない。

「……だ、だが、どうするというのだね？　トール殿。こんな化け物を前にして……。ダメージを与えても、瞬く間に回復してしまうというのだろう？」

ドワーフ王は不安げな表情でそう聞いてきた。

「そうです。その通りです……ですが、恐らくは対応策はあります」

「ほう……それはどんな策だというのだ？」

「この化け物にも、きっと人間でいう心臓のような急所があるはずです。オーブを核とし、そのエネルギーを吸収することで膨張。ダメージを負っても再生をしているはずです。だからその核となっているオーブを吹き飛ばせば……恐らくこの化け物は活動を止めるはずです」

「だ、だがどうやってその核とやらを吹き飛ばすのだ。あのデカい身体（からだ）のどこにあるかもわかっていないのだろう！　大体、すぐに再生してしまうのなら身体を斬り裂いてゆっくりと探している暇はないはずじゃ！」

「……取りうる選択肢は一つです。あいつの全身を丸ごと、一瞬にして吹き飛ばせばいい」

「い、一体、どうやって一瞬で吹き飛ばすというのだ！　あ、あんな巨大な化け物を！」

「国中のドワーフを集めて、巨大な砲台と砲弾を作るんです。そして、その巨大な砲台を以て、一瞬にしてあいつを吹き飛ばす。幸いなことに、あの化け物の進行スピードはそう早くはない。それだけの準備をする時間は残されているはずです」

「……そ、そうか。巨大な砲弾を作る。それだったらなんとかなりそうじゃの！　わかった！　ドワーフ達を集めて、その砲台とやらを作ってみせようぞ！」

ドワーフ王の瞳に希望の光が宿ったのを感じた。

こうして、あの化け物を討伐する為の作戦が発動されたのである。この作戦はすぐにドワーフ国中に広まり、国中のドワーフ達が作業に駆り出されることになったのだ。

◇

キンコカンコン！　キンコカンコン！　キンコカンコン！

キンコカンコン！　キンコカンコン！　キンコカンコン！

キンコカンコン！　キンコカンコン！　キンコカンコン！

キンコカンコン！　キンコカンコン！　キンコカンコン！　キンコカンコン！

甲高い音がそこら中から響き渡っていた。金属と金属がぶつかり合う音だ。

ドワーフ国中からドワーフ達が集められ、巨大砲台を作る為の作業が開始されたのだ。

作業は夜通し行われることとなる。

「ふぁ……眠いわね」

エミリアは、欠伸をしてそうぼやく。

「欠伸している場合か……手伝え、エミリア」

「はーい。わかってるわよ……けどしょうがないじゃない。眠いものは眠いんだから」

エミリアはそう言って、どこかへ向かっていった。

「……全く、あいつは」

俺は深く溜息を吐く。

「ほら！　ちんたらやっているな！　もっと作業を急がせるのだ！」

ドワーフ兵長が偉そうに命令をしていた。ドワーフ達は砲台を作る作業を始める。

その他にも、何か仕掛けをしているそうだ。

ドワーフ達は活き活きと作業を行っていた。元々、こういった工作を得意とする種族だ。戦闘はあまり得意ではない。洞穴の中に閉じこもり、鍛冶に勤しむのが性に合っているのだろう。

そのドワーフ族の特性を存分に生かせる時がやってきたのである。

「トール様」

リリスが俺の元に駆け寄ってきた。

「どうしたんだ？　リリス」

「少し、休んでください。それに食事も用意しています。栄養を摂取し、休息を」

「……けど」

「『けど』ではありません。いつなんどき、敵が襲ってくるかわかったものではありません。その時に寝不足でお腹が減っていたら、どうしようもないではないですか」

「それはわかってるけど……エミリアはどこにいる？」

「既に食事を摂られています」

「……はぁ、あいつはもう」

俺は呆れるより他になかった。だが、ある意味、実にあいつらしかった。食べる機会があるのに、その機会を棒に振ることなどエミリアにとってはあり得ないことであった。

こんな緊急事態だというのに……。ある意味、エミリアの能天気さが羨ましくもあった。

「……わかったよ。俺も食事を摂って少し休むとするよ」

「はい。そうしてください」

リリスはそう言って微笑んだ。

俺はドワーフ城の方へと向かっていく。こうして、俺達の夜が更けていくのであった。

◇

カランカランカラン！　カランカランカランカラン！　カランカランカランカランカラン！　カランカランカランカランカラン！　カランカランカランカランカラン！　カランカランカランカラン！　カランカランカランカラン！　カランカランカランカランカラン！

それは朝方のことであった。突如として、鐘の音が響き出す。

「……ん？　……なんだ？」

俺は完全に寝ぼけていた。この鐘は警報の音だ。何かが起こったのだ。その何かなど一つしかないだろう。そう、あの化け物である。化け物がこのドワーフ国に接近してきたのだ。それ以外にあり得なかった。

ガバッ。

俺は慌てて飛び起きる。急いで身支度を整え、部屋を出た。すると、そこにはセフィリスとリリスの姿があった。

……だが、エミリアの姿はなかったのだ。

「エミリアは？」

「……さ、さあ」

「し、知りません。もしかして、まだ部屋でお休みになられているのでは……と」

二人は苦笑いをする。

まさか、これだけ、けたたましく警報音が鳴っているのに、部屋で眠っているなどということはあるまいな。

……いや、あいつならありうる。この緊急事態に、呆れざるを得なかった。

「とりあえず、あいつの部屋に行くか」

俺達はエミリアが寝ている個室へと向かうのであった。

◇

カランカランカラン！　カランカランカランカラン！　カランカランカランカランカランカランカラン！　カランカランカランカランカラン！　カランカランカランカランカラン！　カランカランカラン！　カランカランカランカランカランカラン！　カランカランカランカランカランカランカラン！　カランカランカランカランカランカラン！　カランカランカランカランカラン！

エミリアの部屋でも、けたたましく鐘の音が鳴り響いていた。

「うーん……ダメ……こんなにいっぱいのイチゴのショートケーキ。いくら私でも食べきれないわよ。むにゃむにゃ……むにゃむにゃ」

　エミリアは俺達の予想通りに眠っていた。幸せそうに寝言(ねごと)を言っている。

　呆れざるを得ないが……ある意味、羨ましかった。これだけの騒音でも眠り続けることができるエミリアに。ある意味才能だった。それだけ眠れるということは……。

「起こそうか」

「そうですね」

「ほら、起きろ、エミリア」

　俺は耳元まで近づき、大きな声を出し、エミリアを起こそうとした。

「……むにゃむにゃ……ダメよ。トール。いくら私が魅力的だからって……そんなガツガツきちゃ……むにゃむにゃ……むにゃむにゃ」

　こいつ……こんな緊急事態に呑気(のんき)に都合の良い夢を見やがって。

「いいから起きろ！　エミリア！　起きろ！」

　俺は肩を無茶苦茶(むちゃくちゃ)に揺する。

「……うっ……ううっ。なによ……トール、何かあったの？」

　すると、流石(さすが)のエミリアでもいい加減起きたようだ。

「警報だ。間違いなく、あの巨人が襲ってきたみたいだ。行くぞ」

「えー……こんな朝方に起きないといけないのー……もっと寝てたいよー」

エミリアは不満を漏らした。

「いいから起きろ！　緊急事態なんだ。準備をして向かうぞ」

「はーい」

エミリアはぶつくさと不満を漏らしていたが、仕方なく出向くのであった。

「おー。トール殿」

ドワーフ城から外に出た俺達は、砲台の方へと向かっていった。そこには既に、巨大な砲台が完成しつつあったのだ。そこにはドワーフ王の姿もあった。

「来たようだの……」

「良いんですか、ドワーフ王。外にいるのは危険では」

「どちらにせよ、あんな化け物に襲われれば、ドワーフ国にいる以上は安全な場所なんてものは存在せぬわい」

遠くにいる為、ぼんやりとしか見えないが、あの巨人の姿が見てとれた。かなり遠くにいるが、それでもそのスケールの大きさを、ドワーフ王は感じ取っているようであった。

「砲台は完成したんですか？」

「まだ八割といったところだが、しょうがないであろうよ。敵は待っていてはくれないのだからの」

ドワーフ王はそう言った。それもその通りだ。

「大きな大砲……」

エミリアは砲台を見上げて、そう呟くのであった。

「けど本当に、この大砲であいつを倒せるの？」

エミリアはそう聞いてきた。

「エミリア殿よ。この『ドワーフキングカノン』（※ドワーフ王が勝手に名付けた）はただ大きいだけではないのだ。砲弾にも工夫がされている。着弾すると同時に、砲弾が炸裂し、巨大な爆発を起こすような仕組みだ。当たればあの巨人の化け物とはいえ、吹き飛ぶだろうよ」

「へー、そうなんだ。なんだかよくわからないけど、すごいんだ」

エミリアはなんだかよくわかっていないが、感心しているようだった。

「ドワーフ王」

「ん？　なんだ？」

ドワーフ兵長が報告に来たようだった。

「標的が目標地点まで到達したようです。いかがいたしましょうか？」

そういえば、ドワーフ達は余った人手で他にも細工をしていたようであった。細工——恐らくは罠(わな)だろうがを発動させるつもりなのだろう。

「うむ。予定通り発動させよ」

「わかりました！　ではそう指示を出しに行きます！」

ドワーフ兵長はどこかへと向かっていった。

「ドワーフ王、一体何をするつもりなのですか？」

「『ドワーフキングカノン』を発射させるまでに、時間を稼(かせ)ぎたくての。その為に少し、細工をしたのだ。それをこれから発動させるのじゃ」

「一体……なにを？」

「まあ、それはこれから見ていればわかることであろうて」

ドワーフ王はそう言った。俺達にはもう、ことの成り行きを見守る以外になかった。

巨人がある程度歩みを進めた時のことであった。

「クレイモア(地雷原)発動！」

ドワーフ兵長がそう言い放つ。

突如として、地面が爆裂し始めた。どうやら、地面に爆弾のようなものを埋めていたようだ。

これがドワーフ王が言っていた砲台以外の細工というわけだった。

無数の爆発が起こり、足場が不安定になっている。

「グオオオオオオオオオオオオオオオオオオオオオオオオオオオオオオオ！」

巨人は悲鳴のような叫びを上げた。だが、ダメージは殆(ほとん)ど与えられていない様子だった。巨人はダメージを瞬時に回復する為、クレイモア(地雷原)を歩いてもたいした支障はない。だが、それでも多少なりは時間を稼げたようではあるが……。

「ドワーフ王！　『ドワーフキングカノン』の準備が整いました！」

ドワーフ兵長がドワーフ王に報告をする。巨人がクレイモア(地雷原)を食らっている最中に、『ドワーフキングカノン』の準備が整ったようである。

「うむ！　では『ドワーフキングカノン』を発射せよ！」

ドワーフ王はそう命じた。

「了解しました！　ドワーフ王！　『ドワーフキングカノン』、発射！」

ドワーフ兵長と共に、『ドワーフキングカノン』から砲弾が放たれる。巨大な砲弾が放たれ、巨人の付近に着弾した。

そして、突如、大爆発を起こす。

ド――――――――――――――――ン！

強烈な爆発音が響き渡った。

「グオオオオオオオオオオオオオオオオオオオオ！
オオオオオオオオオオオオオオオオオオオオオ！」

巨人の断末魔(だんまつま)のような悲鳴が響く。

「トール殿。あの砲弾は特別性でな。火薬が仕込まれているだけの普通の砲弾とは違うのだよ」

「……はぁ」

ドワーフ王は唐突に語り出した。それもドワーフの気質なのかもしれない。職人気質な人間は語りたがりなところがある、のかもしれない。

「火竜の牙や、中々手に入らない貴重な素材を爆薬として使用している為、あれだけの火力が出るんじゃ。その為、どんなモンスターでも一瞬で焼失するだけの火力を実現しておる。かなり持続的に高温を保つ為、奴の回復力を以てしても、間に合わないだろうて。時間が経った時にはこんがりまる焼けになっているだろうよ」

ドワーフ王は饒舌に語った。その間に、爆発は治まったようであった。

そして、あの巨人の姿もなくなっていた。

呆気ないものであった。

あれほどどうしようもないと思っていた巨人が一瞬にしていなくなっていたのだから。

だが、まだ勝利を喜ぶのは早かった。

「……倒せたの？　トール」

エミリアが半信半疑といった様子で聞いてくる。

「……恐らくは。だが、喜ぶには早い。クルーガーが巨人化したのはあの魔王の魂を封じ込めたオーブによるものだ。そのオーブを回収するまでは本当の意味では喜べないんだ」

「……そ、そうね。そうだったわね」

「じゃあ、行くぞ。皆。そのオーブの回収に向かおう」

俺達は急いで、砲弾が着弾した地点へと向かうのであった。

◇

地面には巨大な大穴が空いていた。

いかにあの『ドワーフキングカノン』の威力が凄まじかったのかを物語っている。

「……うわー」

エミリアは言葉を失っていた。

俺は例の巨人の姿を確認する。奴の再生能力は凄まじかった。もし、肉片のひとつでも残っていたら再生しそうなものであった。だが、その心配はいらなかった。超高火力により、あの巨人は肉片ひとつ残らず焼失したようであった。

「あ、あったわよ！　トール！」

エミリアが指を差す。

巨大な穴の底当たりに、魔王の魂を封じ込めたオーブが落ちていたのだ。あれだけの爆発により焼かれたにも拘わらず、オーブは全くの無傷であった。やはり魔王の魂が封じ込められているだけあって、あのオーブには不思議な力が秘められているのであろう。

あの爆発の中でも焼失することもなく、その場に残っていたのである。

「急いで回収しよう」

俺達はオーブを回収すべく、穴の中へと入っていく。

——と、その時であった。

俺達は悍ましい邪気を感じ、足を止めた。突如、黒い霧が現れたのだ。その黒い霧は段々と人の形へと変化していく。

そして、黒いドレスをした、美しい少女の姿へと変わっていったのだ。白い蠟燭のような肌をした、生気のない少女。

一見してただの普通の少女にしか見えないが、少女は身の毛のよだつようなドス黒いオーラを放っていた。こいつは人間ではない。種族としては不死者なのだろう。そして、不死者の中でも取り分け厄介な存在。俺には心当たりがあった。不死者の王——吸血鬼である。

「皆！　気をつけろ！　こいつは吸血鬼だ！」

俺が叫ぶと、皆、警戒を露わにする。

「あのクルーガーの奴め……木偶の坊。このような人間達に負けるなど、実に情けない奴……」

吸血鬼（ヴァンパイア）はオーブを拾い上げ、独り言のように語り出す。

「我ら、栄えある魔王軍四天王の面汚し（つらよごし）よ……だが、木偶なりに役に立ったことが一つだけある。クックック、アッハッハッハッハッハッハッハッハッハ！」

吸血鬼（ヴァンパイア）の不気味な笑みがその場に響き渡った。

「なにせ我らが主である魔王様の魂を封じ込めたこのオーブを、手に入れる一助となれたのだから」

「貴様！　魔王軍の者か！」

俺は叫んだ。ただの魔王軍の手先ではないだろう。恐らくは魔王軍四天王のクルーガーと同格の者。魔王軍四天王の一角と見て間違いはない。

「……ふっ。貴様が噂（うわさ）に聞く、ジョブ・レンダー《職業貸与者》トールか。特別に名乗ってやりましょう。私の名はカーミラ。栄えある魔王軍四天王の一人であります」

そう、吸血鬼（ヴァンパイア）――カーミラは名乗りを上げる。

「少し、遊んでやりたいところではありますが、あいにくと目的のものは手に入れた。お前達と戦う理由はこちらにはあまりないのであります……まあ、あの木偶の坊を殺された恨みはあるといえばあるのですが、如何（いかん）せん、あんな筋肉馬鹿は私は元々あまり好きではなかったのです。ですから、むしろ好都合。処分してくれただけ礼を言ってやりたいくらいなのです。クックック、アッハッハッハッハッハッハッハッハッハッハッハ！」

再び、カーミラは哄笑を上げる。仲間であるクルーガーを殺されたというのに、僅かな同情の念すら抱いてはいないようであった。

「それでは、私はこれでお暇させてもらいます。次に会う機会があったら、少しは遊んで差し上げましょう。クックック、アッハッハッハッハッハッハッハッハッハッハッハ！」

「待て！　逃げるのか！」

「安い挑発でこの場に残るほど、私も馬鹿ではありませぬよ。私はクルーガーみたいな筋肉馬鹿とは違いますから……クックック、アッハッハッハッハッハッハッハッハッハッハッハッハ！　——それではまたの機会にお会いしましょう。ジョブ・レンダー《職業貸与者》トールとそのパーティー一同」

そう言って、カーミラは不気味な笑みを浮かべた。身体が消えていく。霧のようになり。もはや補捉するのは困難であった。そして、肝心のオーブも消えてなくなった。

「くそっ！」

俺は拳で地面を叩く。オーブを奪われたのだ。

「俺がもっとしっかりしていればオーブは奪われずに済んだのに！」

「トール……自分を責めないで。もう、ドワーフ国の脅威は去ったのよ。オーブのことはまたこれから考えればいいじゃない」

そう言って、エミリアは俺を宥めた。

「……それもそうだな」

俺は立ち上がる。落ち込んでいてもどうしようもないのは確かだ。起きてしまった現実は変えられないのだ。これからどうするかを考え、行動していくより他にない。

「トール様、とにかく、一旦はドワーフ国に帰りましょう。父――ドワーフ王にことの顚末を報告する必要があります」

リリスはそう言ってきた。

「そうだな……それもその通りだ」

ここに突っ立っていてもどうしようもなかった。バツが悪いかもしれないが、それでもドワーフ国に帰るしかないだろう。話はそれからだ。

万事解決……とはならなかったが。

こうして俺達とドワーフ国。魔王軍四天王のクルーガーと魔王の魂を封じ込めたオーブ。それを巡る一連の騒動は、一応の決着をつけたのである。

こうして俺達はドワーフ国へと帰還した。

## 【魔王軍四天王カーミラSIDE】

魔王軍四天王の一角である吸血鬼カーミラは魔界にある魔王城へと戻ってきた。

「……来たか」

カーミラの帰りを人間の騎士が出迎える。元々はちゃんとした人間だったが、訳あって魔王軍の四天王へと降った、そういう男だ。

「……そういえば、クルーガーの奴、死にましたよ」

カーミラは起こったことを淡々と告げる。

「……そうか」

男はそう答えただけだった。起こったことを知っていたからか。あるいは仲間とはいえ、僅かばかりの同情の念すら抱いていたのか。またはその両方か。

「──それより、魔王様の魂を封じ込めたオーブは手に入ったのか？」

「それはもう、この通り」

カーミラは笑みを浮かべつつ、懐から件のオーブを取り出す。

「……だったら良い。クルーガーの奴は死んだが、それなりの役に立った。それだけで奴の死には十分な意味があったのだろう」

男はそう言って一人で納得していた。

「残るオーブの情報は得られたか？」

「一つはわかってるであります。竜人の国にあるそうであります」

「……そうか。竜人国か。どうするつもりだ？」

「それは勿論、私が向かうであります。それに竜人達には一〇〇〇年前の戦いで借りがあるであります。その借りを返す時が来たのです。クックック！　アッハッハッハッハッハッハッハ！」

カーミラの不気味な哄笑がその場に響き渡る。

「……そうか。気を付けろ、カーミラ。竜人はそれなりに手強いからな……ドワーフ達とは訳が違う」

「それくらい、私もわかっているであります。だけど、負けるわけがないのです。なぜなら……私の『不死者の軍団』は無敵でありますから……クックック！　アッハッハッハッハッハッハッハ！」

舞台を『竜人国』に移し、戦いは続いていく。

オーブを巡る戦いは、より苛烈さを増していくのであった。

# エピローグ

「おお！　トール殿！　エミリア殿！　セフィリス殿！　そして我が娘リリスよ！　無事に帰ってきたようだの！　うむうむ！　良かった！　実に良かったぞ！」

ドワーフ城に戻ると、俺達をドワーフ王が出迎えたのであった。

「……それがドワーフ王」

俺達は浮かない顔で告げる。あの巨人が消失したのは良いが、オーブを回収できずに、まんまと敵である魔王軍に取られてしまったということを正直に報告せざるを得なかったのだ。

「な、なんと、そのようなことがあったのか！」

「申し訳ありません、ドワーフ王」

「トール殿。そう謝るではない。オーブを取られてしまったのは痛手ではあるが、ドワーフ国はそなた達の手によって救われたのだ。これは実に喜ばしいことではないか。その点は胸を張っても良いではないか」

ドワーフ王はそう言った。

「約束通り、報酬を受け取ってもらおう」

「え？　……いいですよ。そんな……」

「そういうわけにもいかないだろう。なにせそなた達はこの国を救った英雄なのだからな……」

俺はドワーフ王から小袋を受け取る。後で確認すると、金貨がびっちりと入っていたのだ。

「今宵は宴だ。盛大な宴を開こうぞ。酒だ！　酒を飲むぞ！」

ドワーフ王は大はしゃぎだった。ドワーフは酒豪な種族として知られている。ドワーフ王も無類の酒好きのようだった。

全く……呆れざるを得ない。

単に理由をつけて酒を飲みたいだけではないか。酒好きなんてものはそんなものだ。勿論、ドワーフ国が救われたのは喜ばしいことではあるが、それよりも単にそれを理由に酒が飲めるのが嬉しいのだ。

こうして、その日ばかりはドワーフ国は魔王軍との終戦を祝い、仕事もせずに宴を楽しむことになったのだ。

◇

その日、ドワーフ城では盛大な宴が行われた。

「トール殿……ほら、もう一杯」

杯に酒を注がれる。ドワーフ王に注がれたとなると飲まないわけにもいかない。

グイグイと、俺は杯を飲み干した。

「おおっ！　トール殿！　見事な飲みっぷりじゃ！」

「……うう。トール……トールが二つに見える。トールが二つに……」

エミリアは酔っぱらっていた。

グダグダだった。

もはやどうしようもない。そこら中で酔いつぶれているドワーフ兵達の姿が見てとれた。

「……うむ。トール殿、そなたにならら良いかもしれぬな……そなたはドワーフ国を救った英雄でもあるし。酒も強い」

ドワーフ国を救ったことはともかく、酒が強いことになんの意味があるのか。あるいはドワーフにとってはそれは重要なことなのかもしれない。

「認めようではないか！　そなたに我が娘――リリスを託そう！　そしてドワーフ国の未来

も！」

「お、お父様！」

リリスは顔を赤くする。

「ドワーフ王……そ、それは素面で言っているんですか？」

「当たり前だろう！　わしがそんなに酒が弱いわけがない！　まだまだいけるぞ！　がっはっはっはっはっは！」

ドワーフ王の笑い声がその場に響き渡る。

「ダメよ！　王様！　トールは私と結婚するんだから！」

酔ったエミリアが会話に首を突っ込んできた。

「……エミリア様、それなら問題ないと、前に言ったはずです」

リリスはエミリアを諭す。

「ふぇ？」

「ドワーフ国では、重婚は法律で認められています！」

「なんだぁ……それならいいかぁ……なんだか私、沢山食べて飲んだら眠くなってきちゃった。寝ちゃおう……むにゃ……むにゃむにゃ……むにゃ」

エミリアは寝息をたてて眠りだした。

「……こほん。どうか、トール殿。不束な──いや、わしの自慢の一人娘だが、貰ってやってはくれぬか？」

ドワーフ王は俺にそう言ってきた。それでいいのか？　ドワーフ国の将来にも影響するようなことである。ドワーフ国の王女と婚姻をするのが人間で良いのか。まあ、ドワーフ王がそれでいいと言っているのだから、それでいいのだろう。

「……か、考えておきます」

俺は言葉を濁した。今はそんなことは考えたくもなかった。俺は思考を停止する為、杯に注がれた酒をグビグビと飲み干す。

「おお！　良い飲みっぷりだ！　トール殿！」

ドワーフ王はそれを見て大喜びしていた。こうして宴の夜は更けていく。しかし、その翌日の朝、また魔王軍が新たな動きを見せたという情報が舞い込んできた。

◇

「う……ううっ……うう」

飲みすぎた。寝覚めは最悪だった。吐きそうだった。

エミリアもセフィリスもリリスも、ドワーフ王も。ドワーフ兵達も床に倒れるようにして眠っている。

「ド、ドワーフ王！」

そんな時のことであった。一人のドワーフ兵がドワーフ王に駆け寄っていく。どうやら何かあったようだ。

「……ん？　なんじゃ……何があったのじゃ？」

渋々、ドワーフ王は起き上がる。

「た、大変です！　ドワーフ王！　大変なのです！」

「お、落ち着け！　大変なのはわかるが、落ち着いて話をせんかい！　落ち着いて話をせねば、一体何がどう大変なのかわからんではないか！　まずは深呼吸せい！　深呼吸！」

「そ、そうですね……すうーはー」

ドワーフ兵は深呼吸をした。多少は落ち着きを取り戻したようだ。

「ドワーフ王……それが、大変なのです！」

「何も変わっておらんではないか！　『大変』しか伝わってこん！　何がどう大変なのか、落ち着いて説明せよ！」

「……は、はい。す、すみません。すぅ、はーぁー！　すぅー」

ドワーフ兵は再度深呼吸をする。そして、やっとのことで本題を切り出した。

「魔王軍に新たな動きがあったのです」

「新たな動き？」

「ええ……魔王軍が動き始めました」

「動き始めた？　ま、まさか、またこのドワーフ国を狙って進軍してきているのか!?」

ドワーフ王は青ざめた顔で聞く。終わったと思っていた悪夢が再び訪れるのではないかと肝を冷やしているのであろう。

「い、いえ！　そうではありません！　魔王軍が進軍している方向は、我々ドワーフ国がある方角ではありません！　どうやら連中は『竜人国』に向かっているそうです！」

「な、なんだと！　『竜人国』に！　な、なぜじゃ！　なぜ『竜人国』に向かっているのだ！」

「どうやら、『竜人国』には魔王の魂が封じられたオーブがあるようなのです。連中はそれを狙って、進軍を開始したようなのです」

「……うむ。そんなことが」

異様な雰囲気を察したセフィリスとリリスは目を覚ました。

「むにゃむにゃ……トール、私もう食べられないよ……むにゃむにゃ」

エミリアだけは呑気に寝続けていた。

「お前も起きろ！」

俺はエミリアを叩き起こす。

「……ううっ、な、何よ、トール。人がぐっすりと眠ってたのに……」

エミリアは不満を漏らしながらも目を覚ました。

「魔王軍に新たな動きがあったそうだ。連中は『竜人国』に向かっているらしい。急いで向かうぞ！」

いつまでも酔いつぶれてはいられなかった。まだ世界の危機は終わってはいないのだ。そして、一〇〇〇年前と違い、世界を救うはずの勇者はいないのだ。そのことを俺達だけは知っていた。

「うう……わかったわよ」

俺達は急いで身支度を整える。もはやドワーフ国で呑気に滞在を続けるわけにもいかなくなったのだ。竜人はドワーフとは違い、個体の戦闘能力が高い種族ではあるが、それでも何があるかわからない。魔王軍を放置しておいて良いわけがなかった。

「待って下さい！」

リリスが俺達を呼び止める。

「トール様。私も連れていってください！　私も、皆様のお役に立ちたいんです！」

「……良いのですか？　ドワーフ王」

「ん？　なにがじゃ？」

「これからの戦い……もっと危険なものになる。俺にはリリスを守る保証ができません。最悪、死ぬ可能性だってある」

「それはそうだが……それはこのままドワーフ国に引きこもっていても同じことではないか

の？　魔王が復活して、世界を征服されたらこの世に安全な場所などありはせぬだろう」

「……それは確かに」

「それに、生き物っていうのはいつかは死ぬものじゃ。一度きりの人生、わしは娘には好きなように生きてほしいのじゃ。リリスがトール殿についていきたいというのなら、止める理由はない」

「はぁ……わかりましたよ」

俺は溜息を吐いた。

「ついていきたいっていうなら、止めはしない。一緒に行こうか、リリス」

「はい！　よろしくお願いします！　トール様！　エミリア様！　セフィリス様！」

リリスはそう言って、笑顔を浮かべた。

こうして、リリスをパーティーのメンバーに加えた俺達は、ドワーフ国を旅立った。

そして、ここより遥か彼方にある国。

竜人国を目指し、長い旅を始めることとなる。

## 書き下ろしSS　海と水着とモンスター

パーティーにリリスを加えた俺達は、竜人国を目指して旅をしていた。

「……あ、あづい」

連日、暑い日が続いている。エミリアはそう言って嘆くのであった。

「……もう暑くて死んじゃいそうよぉ……ねぇ、トール。私を涼しくしてよぉ」

「我慢しろ。皆も我慢してるだろ」

「魔法系の職業をセルフ・レンド《自己貸与》して、私にちょうど良い涼風を送ってよ！　ねぇ、トール。ねぇ」

そう言ってエミリアは俺に甘えてくるのであった。

「そんな微妙な力で魔法を使えるか。ジョブ・レンダー《職業貸与者》の力は便利な道具じゃないんだぞ。力余って氷漬けになっても恨むなよ」

「げー……それはそれで嫌だなー」

――と、その時であった。

「ねぇ！　トール、あれ見て！　あれ！」

「ん？」

エミリアが遠くを指差す。遥か彼方には海があったのだ。そして、それに隣接するようにして町もある。

「トール、あそこの海で泳いでいきましょうよ！」

「海？　うーん」

リリスとセフィリスの二人を見やる。この二人はエミリアほど、自己主張が激しくないが、それでも本心はエミリアと同じなのだろう。やはり、暑い日が続いているし、海で泳ぎたい気持ちというのもわかる。俺だってそうだ。海で泳ぐのは涼しそうだし、何よりも楽しそうだった。

「けど泳ぐったって俺達、水着を持っていないわけだしな」

「どうせあそこの町で売ってるわよ」

エミリアの言う通りだった。きっとあの海に臨む町で売っているに違いない。

「よし。良いだろう。海で遊んでいこうか」

「わーい！」

エミリアは分かりやすく喜んだ。残る二人も喜んでいる。なんだかんだで、俺も楽しみであった。

ドワーフ国では色々とあった。少しは骨休めをしても罰は当たらないだろう。

町で水着を購入した俺達は早速、海へと出向くのであった。

「うわー……人で一杯ね」

海までたどり着くと、当然のように多くの人々で賑わっていた。

「……まあ、仕方ないな」

水着の他に購入しておいたビーチパラソルを立てる。これが日差し避けになって良い感じに涼むことができた。

「さて、皆泳ぐわよ」

エミリアがそう言って、海に向かおうとした。――と。その時だった。

「へぃへぃ、そこのお嬢さん達」

三人組の男達が俺達に近づいてきた。

「俺達と遊ぼうぜ」

「なぁ……俺達と熱い夏の一夜を過ごさねーか？　くっくっく……今晩は眠らせねーぜ」

わかりやすいナンパだった。三人とも、外見だけで言えば文句なく美しい部類に入るので、こういった悪い虫が寄ってくるのも当然のことと言えた。

　だが、男の俺がいればこういったことの厄介払い（やっかいばらい）になると思っていたのだが、お構いなしの様子だった。それだけ俺を舐（な）めてかかってきているのだろう。

「な、何言ってるのよ！　私達はあなた達なんかと遊ばないわよ！」

「……いいから、いいから。俺達と遊べば絶対楽しいって」

「そういう……そこの巨乳ちゃんも。俺達のテクで絶頂（エクスタシー）させてやるからよ」

「や、やだ！　や、やめてっ！　やめてくださいっ！」

　男がリリスの手首を掴（つか）む。

「いい加減にしろ！」

　俺はその手を制した。

「なんだ？　てめぇは！」

「やるっていうのか!?　ああ！」

　男達はわかりやすく激昂（げっこう）し始めた。そして、俺に襲い掛かってくる。この程度のチンピラ相手にジョブ・レンダー《職業貸与者》としての力を使うまでもない。俺は迫りくる拳を避け、カウンター気味に拳を顔面に合わせる。

「ぐあっ！」

　男の内の一人が吹き飛んだ。

「てめぇ！　やりやがったなっ！」

また一人、男が俺に襲い掛かってくる。だが、その動きはスローモーションにしか見えなかった。拳を避けると同時に、ボディーブローを放つ。

「ぐ、ぐおっ！」

男が膝をついた。一撃で決着がついた。

「ひ、ひいっ！」

残る一人は既に戦意を喪失している様子だった。

「あんたには手出ししない。こいつらの後片付けをしてくれ」

「は、はいっ！」

男は残る二人の介抱を始めた。

「て、てめぇ……後で見ていろよ、ボスに言って、酷い目に遭わせてやるからな」

男達は捨て台詞を吐いて去っていった。ボス？　こいつらに親玉でもいるのか。そんなこと、今考えても仕方のないことだ。俺達は気を取り直して真夏の海を満喫することにした。

◇

「えーい！」

「あ、こら、やったわね！」

リリスとエミリア、セフィリスの三人が海辺で水の掛け合いをしている。その様子は実に微笑ましいものであった。平和だ。あれから、俺達にちょっかいを出してくる連中は現れなかった。さっきのいきさつを見て、警戒しているのか。あるいは、連中がここら辺でも特にガラの悪い連中だったのか。恐らくは後者だろう。まあいい。今はそのことは考えたくない。俺は夏の海を満喫したいのだ。

「ねー、トールは泳がないの？」

「俺はいい。ここにいられれば」

俺はビーチパラソルの下で寝ていた。

「……ふーん」

色々とあって俺も疲れているのだ。休養を取りたい。無邪気に遊ぶのはしばらく後で良い。

俺は眠り始めた。それからしばらく経ってのことだった。

「――ねぇ！　ねぇ！　トール！　トールってば！」

「……ん？　な、なんだ？　エミリア」

俺はエミリアに起こされた。

「少し行った先に良い所見つけたの。来てよ、トールも」

エミリアに促され、俺達は移動を始めたのだ。

◇

海岸をしばらく歩いた先。大岩があった。そして、そこには人が通れるくらいの僅かな隙間があった。その隙間を通った先、そこにあったのは人気のないビーチだった。所謂、穴場という奴だろう。

「どう？　どう？　すごいでしょ！　ここだったら、あんなチンピラ連中に絡まれなくて済むわ」

エミリアは自慢げに言っていた。

確かに人がいると何かと面倒なことが起こる。いない方が良い時があるのも確かだった。ここだったら先ほどより、よりリラックスして休養を取れるだろう。

「でかした、エミリア。お前はよくやった。ただの大飯喰らいだと思っていたが、意外に役に立つ奴だ」

「だ、誰がただの大飯喰らいよ！　とっても役に立つ大飯喰らいよ！」

大飯喰らいに関しては否定する要素はないようだった。俺達は穴場のビーチで海水浴を続行することになる。

俺は新たに設営したビーチパラソルの下で寝ていた。平和だ。人がいないので比較的静かだった。波の音が心地好い。実に心が休まった。

「ねぇ！　トール！　トールもせっかく来たんだから一緒に遊ぼうよ！」

「ん？　そうだな……じゃあ、まあ、俺も少しだけ遊ぼうか」

エミリア達はビーチボールで遊んでいた。俺は立ち上がり、それに混ざることにする。

「えーい！」

「どこ打ってるんだ！　エミリア！」

「へへ、ごめーん！　トール」

こうして俺達は浜辺で遊ぶのであった。

……しかし。俺は横にいるリリスを見やる。彼女は女児としか言いようのない背丈ながら、立派なものを持っていた。そのギャップ故に、どうしても目についてしまうのだ。はねる度に、その豊かな膨らみがぷるぷると揺れてしまう。どうしても気になってしまうのだ。

「ど、どうかしましたか？　トール様」

「……い、いや。なんでもない」

「ははーん。トール。あなた、いやらしい目でリリス姫のおっぱいを見てたんでしょ！　だって大きいもんね。無理もないわ！」

エミリアは俺に向かってそう言って指を差した。

「トール様もやはり殿方……大きい胸がお好きなのですね」

セフィリスはそう言って涙を流していた。

「ち、違う！　そ、そういうわけじゃ……」

俺は否定するが、それは決して本心からのものではないのは確かであった。

「そうなのよ。トール。リリス姫は身体は小さいのに、おっぱいは私よりずっと大きくて、形もとっても良くて」

「エ、エミリア様、一体何を言っているんですか」

「ほら、この通り、見てよトール」

エミリアは躊躇いなく、リリスのビキニのヒモを抜き取った。

「え？」

ぶるん。リリスの豊満な乳房が露出される。

「ぶっ！」

驚きのあまり、俺はつばを吹き出してしまった。余りに突然のことで、目を逸らすことは叶わなかった。

リリスは顔を真っ赤にして大慌てする。いくらなんでもやって良いことと悪いことがあるだろう。

「なっ！　なっ！　なっ！」

「あら、トール。良い物見られたわねー」

エミリアはいやらしい笑みを浮かべる。リリスは慌ててビキニを身につける。

「エ、エミリア様！　な、なんてことするんですか！」

「良いじゃない別にー。見られたって、減るもんじゃないでしょー」

エミリアは目を逸らす。

「減らないから見られても良いってものでもないんです！　そ、その、トール様、見ましたか？」

リリスは上目遣いで聞いてくる。ここは嘘でも見てないよ、と言うのが優しさというものか。

実際はしっかりと見えてしまったが。

「み、見てないよ。ちょうど海の遠くの方を見てて、見えなかった」

「そ、そうでしたか……なら良かったです」

リリスはほっと胸を撫で下ろす。この子は本当に素直な子なのだろう。だが、騙されやすいタイプで心配でもあった。

「嘘よ！　トールの顔真っ赤だもん！　絶対ばっちり見てた！」

エミリアが俺を指差してそう言ってくる。

「だあ！　蒸し返すな、お前！　せっかく丸く収めようとしていたのに！　元々はお前がリリスのビキニをはぎ取るのが悪いんだろうが！」

俺達が海で楽しく（？）遊んでいた、その時のことだった。

「へへっ……どこにいるかと思ったら、こんなところにいやがった」

「探したんだぜ。さっきの借りを返さねぇとな」

楽しい雰囲気が一瞬にして台無しになる。あのチンピラ連中が俺達の前に再び姿を現したのだ。

「なんだ……お前達、まだ懲りてなかったのか？」

そういえば『ボス』がどうこう言っていたな。

「今度は前とは違うぜ。なんてたって、『ボス』がいるからな。今更泣いて謝ったって遅いぜ。『ボス』やっちまってくだせぇ」

体が大きすぎて先ほどから隠れていなかったが、その『ボス』とやらが前に出てきた。

巨大な男だった。あのクルーガーにも引けを取らないかもしれない。本当に人間だろうか？

筋肉の塊のような巨人が目の前に姿を現したのだ。

「オレ様の子分たちを随分と可愛がってくれたみてぇじゃねぇか！」

――と、その時であった。

海が割れるような音がした。海面から巨大な魚人型モンスターが姿を現す。その姿は目の前の大男よりも何倍も大きく、一呑みできてしまいそうなものであった。

だが、そのことに目の前の大男――『ボス』とやらは気づいていないようだった。

「その借り、このオレ様が返してやるぜ！　鍛え上げたこの拳でよ！」

『ボス』は握り拳を作り、俺達を威嚇してくる。

「後ろ、気を付けろよ」

「なんだ？　その姑息な手段は。このオレ様の不意を衝こうって算段か。悪いがそんな手に乗るほど、俺は馬鹿じゃねぇぞ」

巨大モンスターは手で『ボス』をはたいた。

「な、なに？　ぐ、ぐわああああああああああああああああああ！」

「「ボス――――――――――――――――――――――――――――――――！」」

『ボス』は吹き飛んでいった。空の彼方まで。

「逃げろ！　俺達が勝てるわけがねぇ！」

チンピラ三人組は尻尾を巻いて逃げ出した。

「な、なんだったんだ、あいつら、一体何をしに来たんだ？」

俺は呆れるより他になかった。巨大な魚人型モンスターは叫び声を上げた。

「どうするの？　トール」

エミリアは俺にそう聞いてきた。

「どうするって、倒すしかないだろ。こんな奴、人気のある方にいったら、ビーチが大パニックになるぞ」

もはや、観光気分ではいられないだろう。町の産業にも大きな打撃を与えることになる。

「セルフ・レンド《自己貸与》『銃士』」

俺は『銃士』の職業をセルフ・レンド《自己貸与》する。

巨大な魚人型モンスターは奇声を上げて俺達に襲い掛かってきた。手を振りかざし、振り下ろしてくる。巨大な土煙を上げた。ただ、強力だが雑な一撃は避けることはそう難しくない。

俺はモンスターに対して反撃を行う。

こういった水中に生息しているモンスターに対しては雷属性の攻撃が有効だ。

俺は銃弾を装塡する。雷属性の銃弾。

『雷撃弾』だ。

「食らえっ！」

俺は銃弾を放つ。爆撃と同時に、バリバリとした電撃が走る。

モンスターは断末魔の叫びを上げて果てた。やはり、効果は抜群だった。次の攻撃は必要なかった。

「ふう……なんとかなったか」

俺はほっと、胸を撫で下ろす。一撃でモンスターは絶命した。これで浜辺にいる観光客達を襲う心配もないだろう。と、その時であった。

ぐうううううううううううううううううううううううう！

腹の音が強烈に鳴った。誰のものかは言うまでもない。エミリアのものである。

「またお前か……エミリア。また腹が減ったのか」

「し、仕方ないじゃない！　今日は沢山（たくさん）運動したんだからっ！　ねぇ、トール、このモンスター身がいっぱいあって、おいしそうじゃない!?」

「まさか、お前、またモンスターを食べるつもりか？」

「食べられそうなものはなんでも食べるのが私の流儀（りゅうぎ）よ！」

「全く……腹を壊しても知らないぞ」

こうして俺達はモンスターの肉を利用して、バーベキューをすることになった。

夕暮れ時になった。解体されたモンスター肉が目の前に並んでいる。見た目はただの魚肉のようにしか見えなかった。火を通される。肉汁が滴（したた）り、見た目はおいしそうだった。

「これもう食べられそうね！」

エミリアは躊躇いなくモンスター肉にかじりついた。

「うーん！　おいしー！　海を見ながら食べるお肉は最高ね！」

エミリアは満面の笑みを浮かべる。

俺達もエミリアに続いて、恐る恐るモンスター肉を口に運ぶ。火は通っているし、食べられないこともないだろう。エミリアの様子を見る限り……恐らくは。

「う、うん……おっ！　これは美味いなっ！」

口の中に魚の味が広がってくる。元の形を気にしなければ、ただの魚肉にしか思えない。

「でしょー、だからそう言ったでしょー。おいしいって。元々の見た目なんて気にしなきゃいいのよー。モンスターだって口に入れれば牛さんや豚さんと何も変わらないのよー」

エミリアはそう言ってモンスター肉を頬張る。

「お、おいしいですー」

リリスもモンスター肉を頬張る。

「そうそう、リリス姫はもっと食べて、もっとおっぱい大きくしないと」

「も、もうこれ以上、大きくならないでいいです。肩がこるし、男性から好奇な目で見られるのはこりごりですー」

リリスは嘆いた。

「はは……沢山食べれば私も少しは胸が大きくなりますかね」

セフィリスは別の意味で嘆いていた。人それぞれ、コンプレックスは異なるのであろう。

――と、その時であった。夜になり、流れ星が見える。

「あ、流れ星。ねぇ、知っている？　流れ星が見えている間に三回願いを唱えるとその願いが叶うっていう、おまじないがあるんだって」

「ああ……そういえば、あったな、そんなおまじない」

「あ、また流れ星だ。エミリアが指を差す」

三人は願いことを唱えだした。

「もっと美味しいものを沢山食べられますようにっ！　もっと美味しいものを沢山食べられますようにっ！　もっと美味しいものを沢山食べられますようにっ！」（エミリアの願い）

「これ以上おっぱいが大きくなりませんようにっ！　これ以上おっぱいが大きくなりませんようにっ！　これ以上おっぱいが大きくなりませんようにっ！」（リリスの願い）

「もっとおっぱいを大きくしてくださいっ！　もっとおっぱいを大きくしてくださいっ！　もっとおっぱいを大きくしてくださいっ！」（セフィリスの願い）

「ははは……」

俺は苦笑いを浮かべるより他になかった。俺達は浜辺でのバーベキューを楽しんだ。

こうして海での楽しい一日は終わりを迎えたのである。

# あとがき

2巻から読む人は普通いないと思うので、はじめましてということもないと思います。お久しぶりです。著者の九十九弐式と申します。ペンネームに大した意味も由来もありません。皆様のおかげで『世界最強のジョブ・レンダー《職業貸与者》～パワハラ勇者パーティーから追放された少年の異世界無双～』の2巻を出すことができました。誠にありがとうございます。いかがだったでしょうか？　内容は勿論、刊行速度などもやはりライトノベルですので重要だと思います。まだ私がデビューするより前、純粋な読者の立場から「最低でも半年で一冊」「一年経つと流石に熱が冷める」と思っていました。ですが、それを自分が実行する側になると、それなりに大変なものですね。継続して出せている人は本当凄いことだと猶更実感しました。商業作品ですので、売れなければ打ち切られる。それはもう仕方のないことではあると思います。ですが、当時読んでいた作品というのはアニメ化を果たした人気シリーズが多かったです。それなのに、なぜか続きが出ない。「なんでなんだろう？」と疑問に思い、時が経つと残念ながら作者様の訃報が流れてきて、ショックを受けたなんてこともあります。なかなか、こうして作品を出す立場になると、続きを出していくというのは人気の獲得は勿論なんですが、体力や気力、健康面などからも大変なことなのだと身に染みました。ただ、純粋な読者の立場から言わせてもらえば、そんな作り手の大変さなんてどうでもよく、「いいからさっさと続きを読ませてくれよ」というだけのことだとは思いますが（苦笑）。かくいう私も、ここ最近、小説を大量に書きすぎた反動からか、酷く調子が悪かったです。今作を書いている時も、調子が悪くて書けない日もありました。調子の良い時であれば二週間程度で長編小説を一本書けたのですが、実際のところ今回、書き上げるのに二カ月弱程度の期間を必要としてしまいました。このままでは良くないと思い、著者コメントにも書いてあるように、最近ジムで筋トレを始めました。体調は改善傾向ですが、ストイックに自分を追い込む性格の為、やりすぎて筋肉が痙攣したり、筋を痛めたりしました。何事もやりすぎは良くないですね。ここ最近、スランプ気味で、なかなか新作を連載できていませんが、健康面を万全にし、また取り掛かれればと思っております。その際はまたよろしくお願いします。なかなか、こうやってあとがきを書くのも大変ですね。書くネタがあまりないので苦労します。

それでは最後にお世話になった方々に、お礼を言えたらと思います。今回も素敵なイラストを描いて頂いた桑島黎音様、担当様。編集部の皆様。関係者の皆様。そして、読者の皆様。誠にありがとうございました。またの機会にお会いできれば幸いです。ではでは。

九十九弐式

ダッシュエックス文庫

# 世界最強のジョブ・レンダー《職業貸与者》2
～パワハラ勇者パーティーから追放された少年の異世界無双～

九十九弐式

2023年9月27日　第1刷発行

★定価はカバーに表示してあります

発行者　瓶子吉久
発行所　株式会社　集英社
〒101−8050　東京都千代田区一ツ橋2−5−10
03(3230)6229(編集)
03(3230)6393(販売／書店専用)　03(3230)6080(読者係)
印刷所　図書印刷株式会社
編集協力　法貴仁敬(RCE)



ISBN978-4-08-631521-0 C0193